大伴家持歌をよむ Ⅰ

高岡市万葉歴史館〔編〕

笠間書院

高岡市万葉歴史館論集 18

大伴家持歌をよむ　I　【目次】

大伴家持歌をよむ　Ⅰ

大伴家持の「虚」

坂本信幸

一 大伴家持の生誕と逝去

大伴家持は、延暦四年（七八五）八月二十八日に逝去した。正史である『続日本紀』延暦四年八月条には

庚寅（二十八日）、中納言従三位大伴宿禰家持死にぬ。祖父は大納言贈従二位安麿、父は大納言従二位旅人なり。家持は、天平十七年に従五位下を授けられ、宮内少輔《くうないせうふ》に補《ふ》せられ、内外《ないぐゑ》に歴任す。宝亀の初《はじめ》、従四位下左中弁兼式部《しきぶ》員外大輔《いんぐゑのだいふ》に至る。十一年に参議を拝す。左右の大弁を歴《へ》、尋《つ》ぎて従三位を授けらる。氷上川継が反《そむ》く事に坐《つみ》せられて、免《ゆる》して京の外に移さる。詔有りて、罪を宥《ゆる》されて、参議春宮大夫《しゅんぐだいぶ》に復す。本官を以て出でて陸奥按察使《みちのおくのあんせちし》と為《な》り、居ること幾《いくばく》も無くして中納言を拝す。春宮大夫は故の如し。死にて後廿余日、その屍《かばね》未だ葬られぬに、大伴継人《つぐひと》・竹良《ちくら》ら、種継

を殺し、事発覚《あらは》れて獄に下る。これを案験《かんが》ふるに、事家持らに連れり。是に由りて、追ひて除名《じよみやう》す。その息永主《こ》ら、並に流《る》に処せらる。

と記されている。しかしながら、何歳で逝去したか、誕生年がいつであったかについては記載がない。

大伴家持の生誕については、『公卿補任』宝亀十一年（七八〇）条に「大納言従二位旅人（又名多比等）之子。天平元年巳巳生。天平十七年正月従五下。十八年三月宮内少輔。六月民部大輔。越中守……」と見え、翌年の天応元年（七八二）条に「〔従三位〕大伴家持六十四」と記されている。天平元年は西暦七二九年であるから、天応元年に逝去したのなら五十三歳でなければならず、『続日本紀』に延暦四年に逝去したとあることからも、その記述には疑問があった。

一方、『続群書類従』に収められている「大伴氏系図」には、「延暦四年八月薨」として、「六十八歳」と享年を記しており、これによると生誕は養老二年（七一八）となる。ところが、同じ『続群書類従』に収められている「伴氏系図」の方には、「延暦四年八月日薨。五十七」と記していて、これによると生誕は天平元年（七二九）となる。

つまり、その生誕については養老二年説と、天平元年説があったことになる。ただ、『公卿補任』の天応元年条の記載については、『続日本紀』天応元年十一月十五日条に「正四位上大伴宿禰家持に従三位を授く」と見えるところから、従三位になった年を享年のごとく記したものと見ることができる。

『万葉集』において、年代の明らかな家持最初の作は、年代順配列歌巻である巻六の、

大伴宿祢家持が初月《みかづき》の歌一首

振《ふ》り放《さ》けて　三日月見れば　一目《ひとめ》見し　人の眉引《まよび》き　思ほゆるかも　（巻六・九九四）

（振り仰いで三日月を見ると、一目見た人の眉の形が思い出されることだ）

という歌であり、前後の配列からこの歌は天平五年の作とされている。

養老二年生誕説ならこの時家持は十六歳であり、天平元年生誕説ならこの時家持は五歳ということになってしまう。いずれの説によるべきかは言うまでもない。すでに諸氏によって言われているごとく、家持は養老二年に生まれ、延暦四年八月二十八日に享年六十八歳で逝去したのである。

その家持は、天平十年十月十七日の作と考えられる「橘朝臣奈良麻呂、集宴を結ぶ歌十一首」と題する歌群（巻八・一五八一～一五九二）の中に、「右の一首、内舎人《うちどねり》大伴宿祢家持」という左注を持つ歌を残しており、また、題詞に「十六年甲申春二月、安積皇子《あさかのみこ》の薨《こう》ずる時に、内舎人大伴宿祢家持が作る歌六首」（巻三・四七五～四八〇）と記した歌を残しており、天平十年頃から十六年にかけて内舎人として宮中に仕えていたことが知られる。

それが、『続日本紀』天平十七年（七四五）正月乙丑（七日）条に、「正六位上石川朝臣名人《なひと》・県犬養《あがたいぬかひ》宿禰須奈保《すなほ》・大伴宿禰古麻呂《こまろ》・大伴宿禰家持に並《ならび》に従五位下」と記され、ようやく貴族の仲間入りをすることなる。前述の生年推定からすると、この時家持二十八歳。そうして、翌天平十八年三月には宮内少輔に任ぜられ、やがて『続日本紀』天平十八年六月壬寅（二十一日）条に「従五位下大伴宿禰家持を越中守」と記すように、越中国に国守として赴任することとなる。

越中国への赴任は、歌人家持にとって大きな転機であり、越中での生活の中で家持は歌人として開眼し大きく飛躍を遂げることは、周知のごとくである。

二　天平十八年正月の雪の日の歌

その任官の年である天平十八年の正月は積雪の多い正月であったことが、次の題詞と歌から知られる。

天平《てんぴやう》十八年正月、白雪多く零《ふ》り、地《つち》に積むこと数寸なり。ここに左大臣橘卿《たちばなきやう》、大納言藤原豊成朝臣《ふぢはらのとよなりあそみ》また諸王諸臣《しよわうしよしん》たちを率《ゐ》て、太上天皇の御在所《みましどころ》中宮の西院に参入《まゐ》り、仕《つか》へ奉《まつ》りて雪を掃《は》く。ここに詔《みことのり》を降《くだ》し、大臣参議并《あは》せて諸王らは、大殿《おほとの》の上に侍《さもら》はしめ、諸卿大夫《だいぶ》らは、南の細殿《ほそどの》に侍はしめて、則《すなは》ち酒を賜ひ肆宴《しえん》したまふ。勅《みことのり》して曰く、汝《いまし》ら諸王卿たち、聊《いささ》かにこの雪を賦して、各《おのもおのも》その歌を奏せよ、とのりたまふ。

左大臣橘宿祢、詔に応《こた》ふる歌一首

降る雪の　白髪《しろかみ》までに　大君《おほきみ》に　仕《つか》へ奉《まつ》れば　貴《たふと》くもあるか　（巻十七・三九二二）

紀朝臣清人《きのあそみきよひと》、詔に応ふる歌一首

天《あめ》の下《した》　すでに覆《おほ》ひて　降る雪の　光を見れば　貴くもあるか　（巻十七・三九二三）

紀朝臣男梶《きのあそみをかぢ》、詔に応ふる歌一首

山の峡《かひ》　そことも見えず　一昨日《をとつひ》も　昨日《きのふ》も今日《けふ》も　雪の降れれば　（巻十七・三九二四）

葛井連諸会《ふぢゐのむらじもろあひ》、詔に応ふる歌一首

新《あら》しき　年の初めに　豊《とよ》の稔《とし》　しるすとならし　雪の降れるは　（巻十七・三九二五）

大伴宿祢家持、詔に応ふる歌一首

大宮《おほみや》の　内《うち》にも外《と》にも　光るまで　降れる白雪《しらゆき》　見れど飽《あ》かぬかも　（巻十七・三九二六）

藤原豊成朝臣《ふぢはらのとよなりあそみ》　巨勢奈弖麻呂朝臣《こせのなてまろあそみ》　大伴牛養宿祢《おほとものうしかひすくね》

藤原仲麻呂朝臣《ふぢはらのなかまろあそみ》　三原王《みはらのおほきみ》　智奴王《ちぬのおほきみ》

船王《ふなのおほきみ》　邑知王《おほちのおほきみ》　小田王《をだのおほきみ》

林王《はやしのおほきみ》　穂積朝臣老《ほづみのあそみおゆ》　小田朝臣諸人《をだのあそみもろひと》

小野朝臣綱手《をののあそみつなて》　高橋朝臣國足《たかはしのあそみくにたり》　太朝臣徳太理《おほのあそみとこたり》

高丘連河内《たかをかのむらじかふち》　秦忌寸朝元《はだのいみきてうぐわん》　楢原造東人《ならはらのみやつこあづまと》

右の件《くだり》の王卿等《わうきやうら》は、詔に応へて歌を作り、次《つぎて》に依りて奏す。登時《そのとき》記さずして、その歌漏《も》り失《う》せたり。ただし秦忌寸朝元は、左大臣橘卿謔《たはぶ》れて云《い》はく、「歌を賦《ふ》するに堪《あ》へずは、麝《じゃ》を以《もち》てこれを贖《あか》へ」といふ。これに因《よ》りて黙已《もだを》り。

題詞によると、天平十八年正月には、奈良には珍しい数寸（約十数センチ程度）の積雪があり、左大臣橘諸兄が大納言藤原豊成以下の諸王諸卿を引き連れて元正太上天皇の御所に参入して雪掻きの奉仕をした。そこで、太上天皇は詔を出して、大臣・参議・および諸王は太上天皇のいらっしゃる正殿の上に、諸卿大夫は南の細殿に伺候させて酒を賜って酒宴を催した。そして諸王卿たちにそれぞれ雪を題にして歌を奉れと命ぜられた。橘諸兄の歌（三九二二）から大伴家持の歌（三九二六）までの五首はその時の歌であるという。そして左注によると、その時の雪掻きには、残された歌の作者である橘諸兄、紀清人、紀男梶、葛井諸会、大伴家持以外に、藤原豊成以下の十八名の諸王諸臣が参加していたこと、しかしながらその時すぐに記録しなかったので、五首以外の歌は漏失してしまったのだという。また、諸兄が作歌の不得手な秦朝元に、「歌が出来なければその代償に麝香を差し出せ」と言ってからかったという。

この歌と題詞・左注には、降雪の記録や、雪掻きの奉仕といったその日の催しの他に、元正太上天皇が中宮の西院を御在所にしておられたということ、その建物の南に細殿と呼ばれる建物があったという平城宮の建造物の様態が知られることや、万葉の時代の人の中にも渡来系の秦朝元のように作歌の不得手の者がいたことが知られるなど興味深い情報が含まれている。朝元は『懐風藻』弁正伝により、大宝年間に渡唐した弁正と唐の女性との間に生まれた子で、父と兄の朝慶とは唐で没し、朝元は養老二年に帰国した遣唐使に伴われて、十数歳で日本に帰国したとされる医術家で、天平五年には入唐判官として渡唐した人物であり、渡来品の麝香を所蔵していたのであろう。その場の状況は分からないが、諸兄の譴れは今日的に言えば差別的でありパワーハラスメントともとれる発言である。『新編全集』頭注に、「諸兄は飲酒すると不用意な発言をして舌禍事件を起す危険性があった」と記し、諸兄が致仕するに至った天平宝字元年六月庚辰（二十八日）の「大臣、酒飲む庭にして言辞礼無し。稍く反く状有り云云」と記された記事との関連を指摘する。(1)

藤原豊成は、天平十八年正月当時は中納言で、大納言になったのは天平二十年三月二十二日であり、「大納言藤原豊成朝臣」という題詞には疑問がある。そのことについて、契沖『代匠記』は「大納言トアルハ、若中ノ字ヲ書生ノ誤テ大ニ作ケル歟。凡ソ集中ノ例、大納言以上ニハ名ヲ云ハス。考テ知ルヘシ。今豊成朝臣ト云ヘリ。中納言ナル事知ヘシ」とし、「大」は「中」の書き誤りとしたが、他の箇所においても、当時従四位上の三原王が、当時正四位下であった智奴王の上位に位置しているなど、人名記載に矛盾があった。こういった点について、渡瀬昌忠氏（「四人構成の場―U字型の座順―」『万葉集研究第五集』塙書房、昭和五十一年刊）は「位階順排列ではなく、天平十八年（七四六）正月の宴の座の廻り順による排列である」と論じたが、塩谷香織氏（「万葉集巻十七の編修年月日について」『国語学』第一二〇集、昭和五十五年三月）は、詳細な諸王臣の位階変化の調査から、「この左注の諸王臣は公式文書の原則に従って、位階順に排列されているのだと思う」と述べ、「豊成が大納言の時期で王臣が公式文書の原則通りに並ぶ時期は勝宝元年（七四九）四月一日から十三日までの間しかない」として、万葉集巻十七「雪の応詔歌群」の題詞及び左注の筆録時を、勝宝元年四月一日から十三日の間と限定した。そして、「巻十七の一つの整理がこの時期に行なわれたことを意味する」と指摘した。

三　歌群の構成と歌の座

渡瀬氏は、橘諸兄の歌（渡瀬氏の記号による⓪）からの五首は、⓪諸兄の歌の「……れば貴くもあるか」を脚韻式にくり返して①紀清人が歌い、清人の「天の下すでに覆ひて降る雪」を受け、これを限定して②紀男梶は「山の峡そことも見えず」と歌い始め、男梶の「一昨日も昨日も今日も」を受け、これを限定して③葛井諸会は「新しき年のはじめに」と歌い始め、そして、諸会の「雪の降れるは」「豊の稔しるすとならし」の予祝を受けて、④家持は「降れる白雪見れど飽かぬかも」の讃美で結ぶというように、五首の歌は次々と前の歌を受けて流れているとした上で、①②③④には

③は、右に見たように「新しき年のはじめに」が②の「一昨日も昨日も今日も」を受けているのみならず、結句を類似させて②に対応する。そして、④の第一・二句の「大宮の内にも外にも」は、①

の第一・二句の「天の下すでに覆ひて」を限定していて、その意味では、②の「山の峡そことも見えず」という歌い出しと似てはいるが、②の「山の峡……」が①の「天の下」を自然の山峡において具象化したのに対して④の「大宮の内にも外にも」はそれを「大君」（太上天皇）の「御在所」の内外として歌っていて、「天の下すでに覆ひて降る雪の光を見れば貴くもあるか」という①の表現に、より直接的に対応しようとするものである。①と④との第三・四・五句の類想性はいうまでもない。「ひかり（る）」の語の共有も、①と④との独自の共通性である。なお、①は0左大臣の歌を受けていたが、④にも0の歌を受けようとする傾向か見える。すなわち④の「大宮の内にも外にも光るまで降れる白雪」は①の「天の下すでに覆ひて降る雪の光」に対応すると共に、0の「降る雪の白髪までに」をも受けているように見える。なぜなら、左大臣諸兄の「降る雪の白髪」は、いわば「大宮の内にも」「光るまで降れる白雪」であり、0の「白髪までに」と④の「光るまで」とも通じるからである。①と④とは面を受ける点においても共通するのである。

と波紋型対応が看取されるとする。そして、藤原豊成から林王までの参議以上と諸王のA群と、穂積老から楢原東人までの官人のB群とは、殿上と細殿との段差がありながらも、AB両群の座は歌の順序を追って連絡する一連の座であったとし、家持がこの時の歌をほとんど漏失したけれども、後に想起する段になって五首の歌は思い出されたのは、次のような四人構成の座をなしていたからだとする。

従四位下、紀朝臣清人　①　←　②従五位下、紀朝臣男梶
　　　　　　　　　　　　→
従五位下、大伴宿祢家持④　→　③外従五位下、葛井連諸会

しかしながら、位階順に座していたならば、その歌の順は、順当ならば清人①→家持④→男梶②→諸会③と逆Z字型で奏上されるべきであり、順番がU字型の座であるというのも単なる推定にしか過ぎない。要するに残された歌の歌句の類似から勝手に座を想像したに過ぎないものである。渡瀬氏は同様の波紋型対応の例として、巻五の梅花の宴の歌群の末尾の四首の対応があるとして次のように記す。

土師氏御道　梅の花折りかざしつつ諸人の遊ぶを見れば都しぞ思ふ（巻五・八四三）
小野氏国堅　妹が家に雪かも降ると見るまでにここだも紛ふ梅の花かも（巻五・八四四）
筑前掾門氏石足　うぐひすの待ちかてにせし梅が花散らずありこそ思ふ児がため（巻五・八四五）
小野氏淡理　霞立つ長き春日をかざせれどいやなつかしき梅の花かも（巻五・八四六）

土師氏御道[1]……[2]小野氏国堅

小野氏淡理 [4] ↑…… [3] …… 筑前掾門氏石足

けれどもこの対応も、八四三歌は前の

人ごとに　折りかざしつつ　遊べども　いやめづらしき　梅の花かも　（巻五・八二八）

梅の花　手折りかざして　遊べども　飽き足らぬ日は　今日にしありけり　（巻五・八三六）

との対応の方がより密接で、これらを受けての表現と考えられ、八四四歌は

我が園に　梅の花散る　ひさかたの　天より雪の　流れ来るかも　（巻五・八二二）

の「我が園に」に対応して「妹が家に」とあり、梅の花の散るのを雪が流れるのかと疑い「かも」と詠嘆するのも対応する。

春の野に　霧立ち渡り　降る雪と　人の見るまで　梅の花散る　（巻五・八三九）

の表現も受けているといえる。八四五歌も

梅の花　散らまく惜しみ　我が園の　竹の林に　うぐひす鳴くも　（巻五・八二四）

我がやどの　梅の下枝に　遊びつつ　うぐひす鳴くも　散らまく惜しみ　（巻五・八四二）

などの歌の流れを受けての表現と考えられ、末尾の八四六歌はむしろ「いや……しき　梅の花かも」という表現において

人ごとに　折りかざしつつ　遊べども　いやめづらしき　梅の花かも　（巻五・八二八）

との対応の方が密接といえる。末尾の波紋型対応で考えるよりも、全体の歌の流れの中で呼応しているものといえる。

伊藤氏『釈注』は、清人の歌から家持歌までの四首は、細殿に座していた者の詠で、清人は四首の詠者、また細殿に座していた人びとの中でも、最も身分が高いので、「彼は、細殿の最高位の座を占めつつ、諸兄が大殿を代表してまず帝徳を賀したのに対し、細殿を代表する気分で諸兄の賀を承けたものと

思われる」とし、以下の三人は、清人の歌を承け継ぎ、その流れを、諸兄の歌への配慮も示しつつ、大伴家持が承けて納めるから、「諸兄以下家持までの五首は、本日の肆宴の儀礼的な第一次の場の歌として詠まれたことが知られる」と述べる。しかしながら、藤原豊成や巨勢奈弖麻呂や三原王、智努王などの諸王卿たちを措いて、真っ先に太上天皇の詔に応じて、諸兄に継いで歌を奏上するなどということは考えられない。『釈注』はまた、「歌を詠む役としてこの四人があらかじめひそかに指示を受けており、座席は歌群に記されるとおりであったと見る方が穏当だと考える」とも述べるが、それは都合のいい想像にしか過ぎない。それだと、諸兄は前もって元正太上天皇に、「雪掃きに参上するので、詔を下して、諸王卿を大殿と細殿にそれぞれ位に応じて上げて、酒を賜るように。そしてその時に歌を奏上するように命じるように」と指示をしていたことになろう。そのようなことはありえないことである。

渡瀬論文も『釈注』もこの五首を座の問題として捉えているが、一体両氏が推定するように座の在り方がこの五首に反映されているのであろうか。『釈注』では、

大殿・細殿を問わず、人びとが対座しつつ元正上皇に相向かっていたことは、うしろに名前だけを記された人びとが、伝来の諸本すべてに二段で記されていることによって保証されよう。一段でも三段でもなく二段で記されたのは、人びとが対座していたことによるおのずからなる結果であったと思われる。ただし、最上位の橘諸兄だけは、元正上皇の左側やや前あたりに、上皇に対してはうしろ向きにならず、互いに対座する諸臣とは向かい合うような形で一人座を占めていたものと思

われる。

とまで述べて、対座を主張するが、古写本を検するに紀州本、神宮文庫本、西本願寺本、京都大学本、寛永版本など仙覚系諸本は二段であるものの、元暦校本や広瀬本など非仙覚系の写本は三段で記されている。むしろ原本は三段であった可能性がある。要するに主張に足る根拠はなく、何の保証もないのである。

【元暦校本】

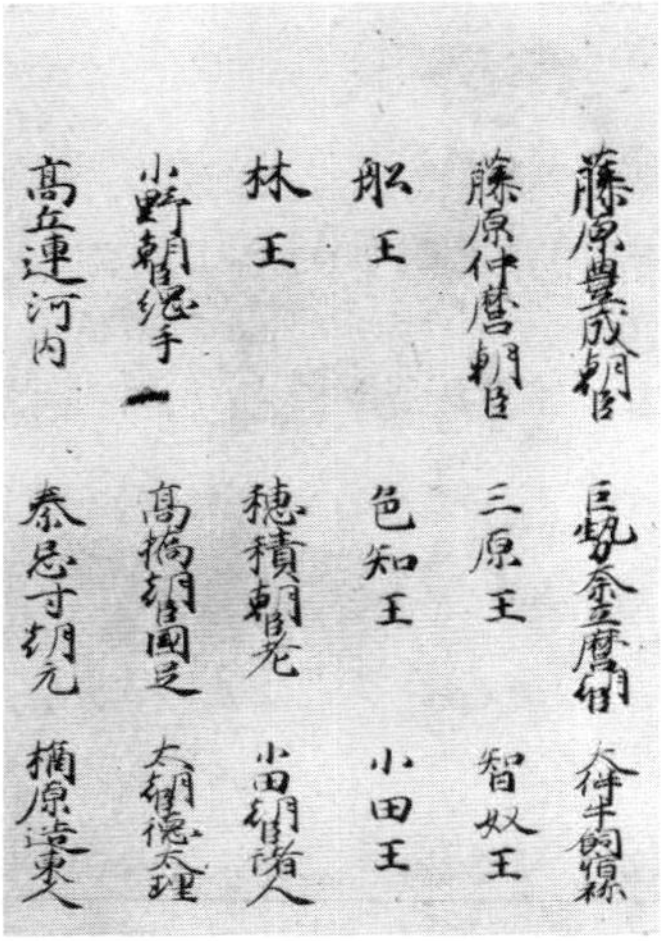
藤原豊成朝臣　巨勢奈弖麿朝臣　大伴牛養宿祢
藤原仲麿朝臣　三原王　智奴王
船王　邑知王　小田王
林王　穂積朝臣老　小田朝臣諸人
小野朝臣綱手　高橋朝臣国足　太朝臣徳太理
高丘連河内　秦忌寸朝元　楢原造東人

【広瀬本】

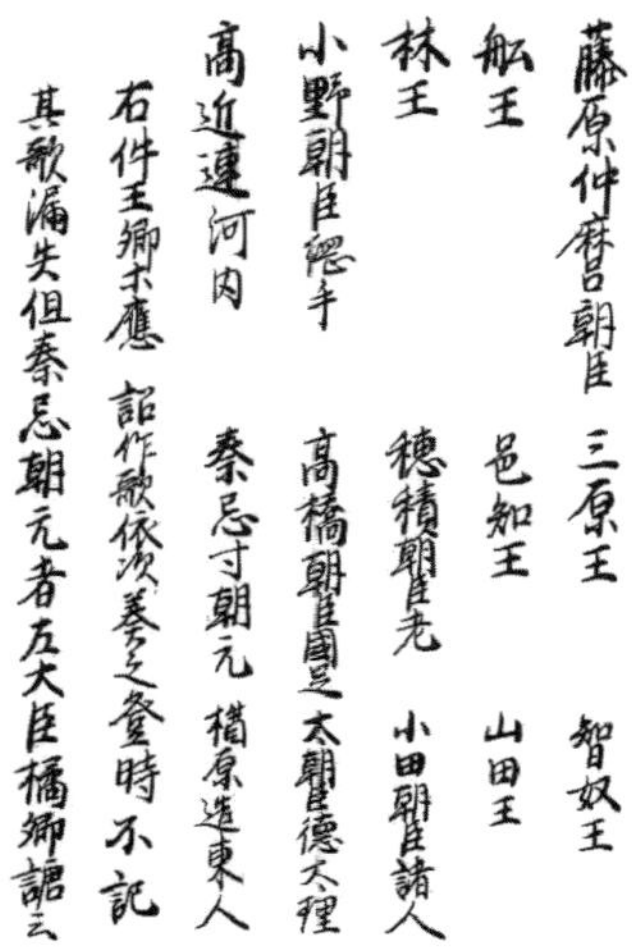
藤原仲麿朝臣　三原王　智奴王
船王　邑知王　山田王
林王　穂積朝臣老　小田朝臣諸人
小野朝臣綱手　高橋朝臣国足　太朝臣徳太理
高丘連河内　秦忌寸朝元　楢原造東人
右件王卿等応　詔作歌依次奏之登時不記
其歌漏失但秦忌寸朝元者左大臣橘卿謔云

渡瀬氏の推定された大殿と細殿との座席と歌の座のめぐり方は、次のごとくであるが、これとてもこのような座であったという根拠はまったく示されていない。

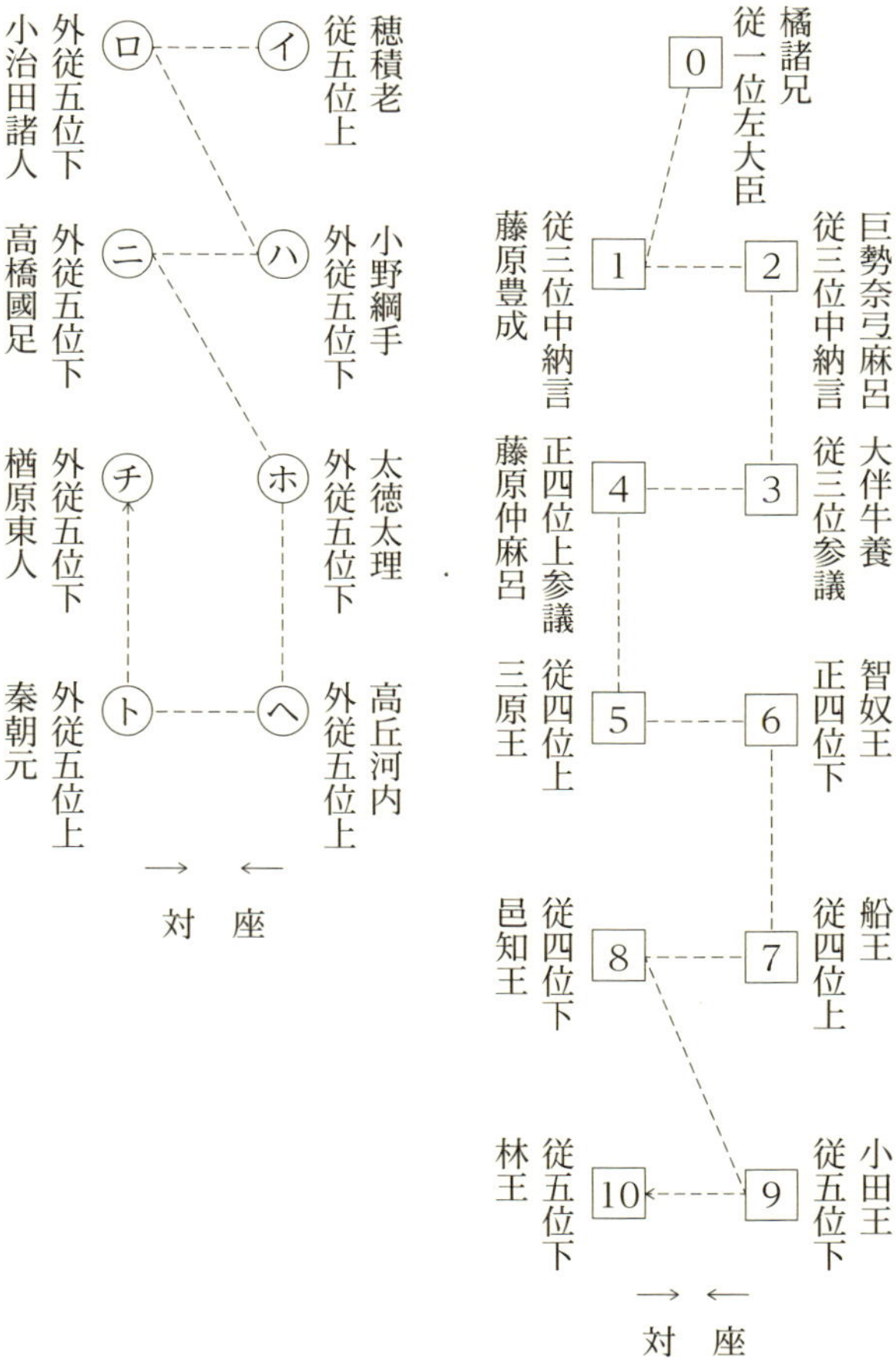

0 橘諸兄 従一位左大臣
2 巨勢奈弖麻呂 従三位中納言
1 藤原豊成 従三位中納言
3 大伴牛養 従三位参議
4 藤原仲麻呂 正四位上参議
6 智奴王 正四位下
5 三原王 従四位上
7 船王 従四位上
8 邑知王 従四位下
9 小田王 従五位下
10 林王 従五位下
対座
イ 穂積老 従五位上
ロ 小治田諸人 外従五位下
ハ 小野綱手 外従五位下
ニ 高橋國足 外従五位下
ホ 太徳太理 外従五位下
チ 楢原東人 外従五位下
ヘ 高丘河内 外従五位上
ト 秦朝元 外従五位上
対座

四 中院の西院と南の細殿

太上天皇の御在所であった中宮の西院とはいかなる建物なのであろうか。仁藤敦史氏（『古代王権と都城』第四章「平城宮の中宮・東宮・西宮」平成十年、吉川弘文館刊）は、中宮には天皇出御の場としての要素と、元正太上天皇の御在所、宮子の居所など居住空間としての要素があり、前者の要素は、「内裏」が天皇が臣下を召し入れる空間として表現するのと対照的であることから、今泉隆雄氏（『古代宮都の研究』「平城京大極殿朝堂考」平成五年、吉川弘文館刊）のように内裏とは異なる大極殿的な出御の場として理解する説もあるけれども、恭仁京遷都以前小区画に区切られた居住空間的なスペースが第一次大極殿地区には見られないことなどを挙げて、大安殿を含む平城宮内裏地区を中宮とする見解（奈良国立文化財研究所『平城宮発掘調査報告書』）を支持したいとする。そして、「中宮には天皇出御の空間さらには元明・元正上皇・藤原宮子らの居住空間という二つの役割が当初から存在した」とする。小澤毅氏（『日本古代宮都構造の研究』第2章「宮城の内側」）も、中宮・中宮院は、「天皇や太上天皇（上皇）の居住空間としての性格を有する一方、天皇の出御する場でもあった」とした上で、「中宮とは、内裏を含みつつも、それ以外に、より公的な部分を包括した空間であったとみるのが妥当である」とし、平城宮南側に展開する奈良時代前半の東区一二朝堂の正殿（SB9140）一郭を含んだ内裏外郭全体が、中宮ないし中宮院と称された可能性が高いとする。また、橋本義則氏（『古代旧都の内裏構造』「内裏の変遷からみた古代権力の盛衰」平成23年、吉川弘文館刊）は、天平十七年（七四五）に平城還都された後の元正の居所である「中宮西院」には「少なくとも『大殿』と『南細殿』（南を限る南廊か、あるいは大殿の南に敷設された細殿か）があり、またこの日左大臣以下が雪を掃くために参入・奉仕したことから、『大殿』の南には前庭が付属していたと考えられる」とし、基本構造

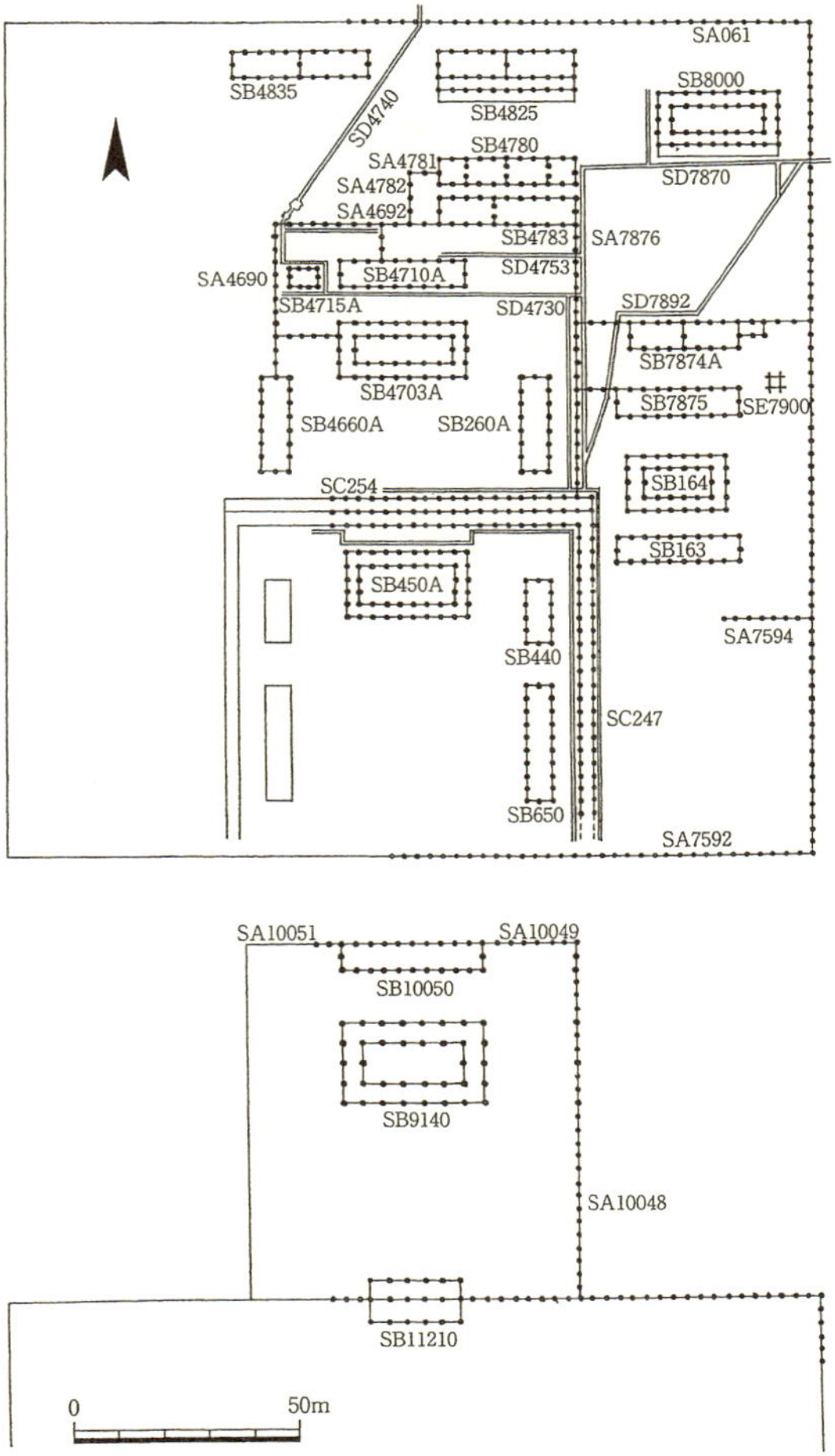

平城宮の内裏第Ⅱ期の配置
（小澤毅論文第35図（奈良国立文化財研究所『平城宮発掘調査報告 XIII』による）より転載）

は、中心建物一棟と前庭からなる平城宮内裏第Ⅱ期の東北隅に存在した建物８０００を中心とした区画や、恭仁京の「新宮」である「内裏西地区」とほぼ同じであったとする。そして、当時聖武の御在所が中宮院にあったことから、「中宮西院」はその西に位置する院であったと述べる。

中宮の西院の場所や空間実態が不明のままで、渡瀬・伊藤両氏はどのような根拠でその日の肆宴の座を推定し、その推定によって歌を解釈したのであろうか。

中宮の西院の場所についての推定で、私は金子裕之氏（「平城宮の法王宮をめぐる憶測」『古代日本と東アジア世界』奈良女子大学21世紀ＣＯＥプログラム報告集6、平成17年12月）の説に注目したい。金子氏は、平城宮第一次朝堂院朝庭の宮殿遺構の発掘調査報告によると、重複する前後二時期の宮殿跡があり、後期宮殿跡に南北二区画あるうちの南にある桁行推定六間梁間四間の南北二面庇の東西建物ＳＢ１８６６１とこれに中軸線を揃えた桁行推定六間梁間二間の東西建物ＳＢ１８６６３が双堂形式で位置していることに注目して、双堂の二面庇建物ＳＢ１８６６１が、三九二二歌の題詞にいう「大殿」、対面する建物ＳＢ１８６６３が「南の細殿」と呼ばれた可能性があると指摘する（金子氏の推定したＳＢ１８６６３が題詞にいう「南の細殿」でないとしても、いずれにせよ南の細殿は大殿の前に東西に細長く設けられていたと考えられる。南北に細長い建物ではありえない）。

もしそうだとすると、大殿の前に庭を挟んで細殿があることになり、「細殿」といわれるように東西に長く南北に細いその構造からして、穂積老から楢原東人までの細殿に侍る官人らは、南面して座していたと考えられる太上天皇の御在所に向かって（北向きに）、横一列に居並んでいた可能性が高い。というよりも、太上天皇の前において、官人らがそれぞれ向き合う形で、太上天皇の方を向いていない座り方をしているとは考えがたいのである。U字型の座り方と仮定しても、東西の両端に二名ずつ（従四位下紀清人、正五位上穂積老、従五位下大伴家持、従五位下紀男梶の四名）が向かい合って、太上天皇に横向きに並

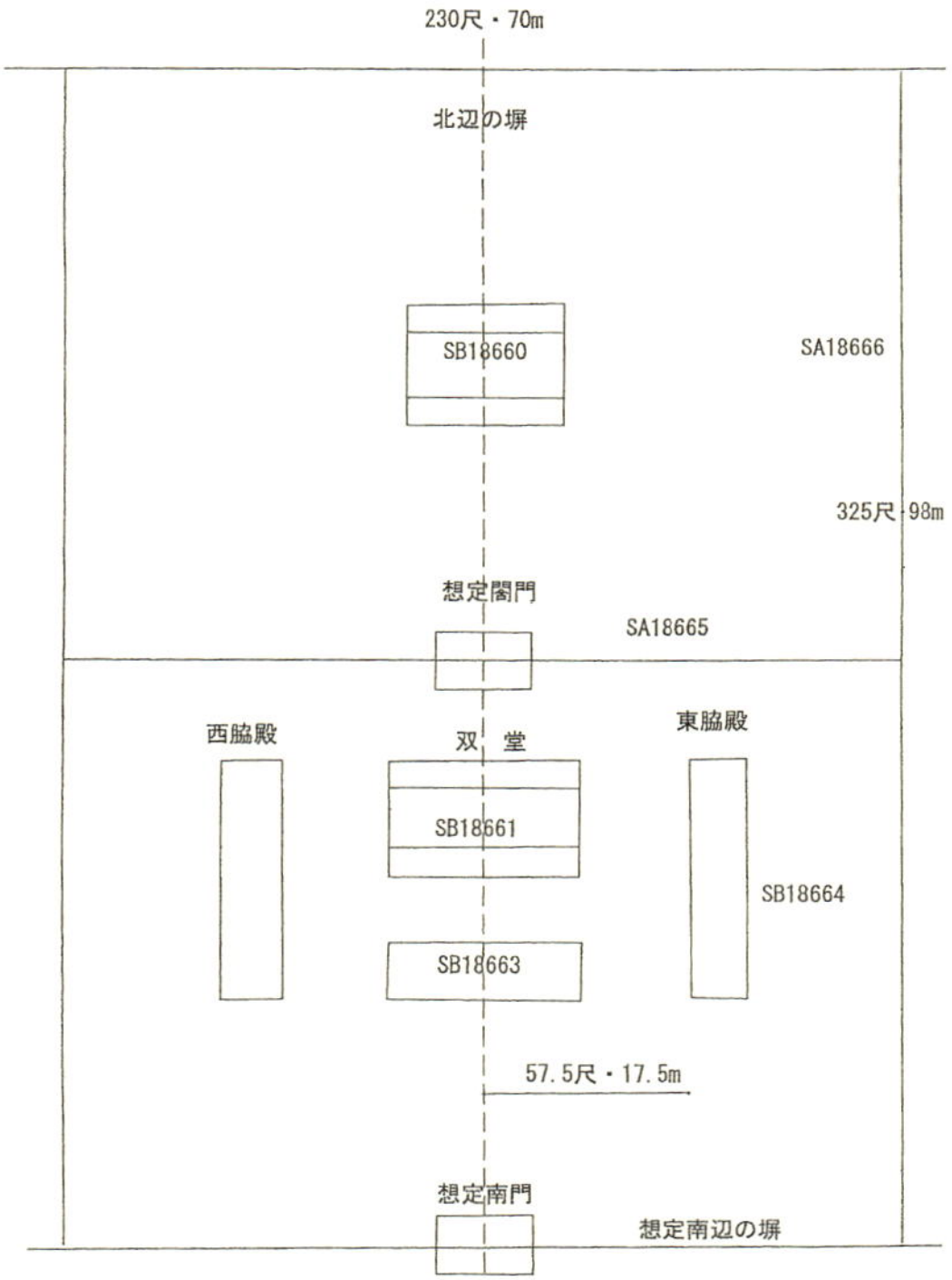

平城宮第一次朝堂院地区朝庭の宮殿配置復元図
（金子裕之論文より転載）

び、小田諸人以下の八名は東西に横一列に並んで太上天皇に向かって（北向きに）座していたと考えるのが妥当であろう。大殿の方も、梁間四間という南北の幅から考えると、太上天皇の座に南北二間を要するとして、残る二間の幅が大臣・参議・併せて諸王の座す南北の幅ということになる。とすると、左大臣橘諸兄は太上天皇の側に座し、大納言藤原豊成、大納言巨勢奈弖麻呂、中納言大伴牛養、参議藤原仲麻呂の四名が東西の端にそれぞれ向かい合う形で二名ずつ座して、諸王は東西一列に太上天皇に向かって（北向きに）、座していたのではなかろうか。(2)

右の座の推定に特に意味があるわけではない。渡瀬、伊藤両氏の座の推定は根拠が曖昧で、意味がないことを指摘したままである。歌集に編纂された歌は、座を離れて編纂物としてあるわけであり、歌集

としてそうあるところの意味や文学性を問うべきであって、それを座に還元してみたところで意味をなさない。ことに家持の歌の場合は、編集者たる彼の編纂の在り方に意味があるわけであって、歌が歌われた場の現場性に意味があるわけではない。

歌の順序が、座の在り方の反映でないとすれば、家持は諸兄の歌を最初に置き、自作を一連の結びに置くように配列したということになろう。あくまでもこれは記載されてある歌集としての配列の問題であり、その配列上の文学性を問うべきであり、座の問題ではないと言える。その配列において、家持は自作を最後に持ってくることによって、渡瀬・伊藤両氏も指摘するような見事な歌群の対応と流れの構成をとったのである。

ちなみに、紀清人からの歌を、位階順に並べ直してみると、まず橘諸兄の

降る雪の　白髪までに　大君に　仕へ奉れば　貴くもあるか　（巻十七・三九二二）

に応じて紀清人が、同じく「降る雪の」という句を用いて、

天の下　すでに覆ひて　降る雪の　光を見れば　貴くもあるか　（巻十七・三九二三）

と、諸兄の第三四句に対応して確定条件句を置いて、「貴くもあるか」と結んでおり、継いで家持は、

大宮の　内にも外にも　光るまで　降れる白雪　見れど飽かぬかも　（巻十七・三九二六）

と、清人の「降る雪の光を見れば」を受けて「光るまで　降れる白雪」と応じて、諸兄が大君に仕え奉ることの貴さを、また清人が大君の恩光の広く天下に及ぶ貴さを讃美して「貴くもあるか」と結んでいたのを、家持は「天の下」をさらに具体的に「大宮の内にも外にも」と歌い、大君の恩光としての雪を「白雪」という翻読語を用いて美しく讃美したことにより、自然を讃える伝統的讃美表現である「見れど飽かぬかも」で結んだ。紀男梶は、家持の「内にも外にも」を受けて、その空間を「山の峡」と提示して、空間から時間に、

山の峡　そことも見えず　一昨日も　昨日も今日も　雪の降れれば　（巻十七・三九二四）

と、「一昨日も　昨日も今日も」と展開した。葛井諸会は家持と同様に「新しき年」という「新年」の翻読語を用い(3)、

新しき　年の初めに　豊の稔　しるすとならし　雪の降れるは　（巻十七・三九二五）

と漢籍の知識をもとに豊年の瑞兆としての降雪を表現し、男梶の結句「雪の降れれば」を受けて「雪の降れるは」と結んだ。こういった流れを読み取ることができるのである。

しかし、家持は自作を結びに置いた。それは家持の構成であり、そのことによって第一首目の諸兄との対応関係が生じ、首尾の讃美が相応じることになったといえよう。題詞冒頭の「白雪多く零り…」の漢語「白雪」の語の翻読語を含む歌で結ばれて起結相応じることにもなっている。それは家持の文学的な「虚」である。

五　家持の「虚」

私は、この一連の作品には大いなる「虚」があると考えている。そもそも元正太上天皇の御座所の御前で歌を奉るというこの日の肆宴は、家持が従五位下の叙位を受けて初めての晴れの肆宴であったと考えられる。そのような特別な日の肆宴の歌を記録していなかった、ただ五首だけしか記憶していなかった、ということは考えがたいのである。しかも、諸兄の歌は記憶していて、大納言（この時は従三位中納言）である藤原豊成の歌は記憶していなかったなどというのはおかしな事である。こんにちのように記憶をあまりしない時代とは違うのである。二〇余首の歌くらいは容易に記憶できたと思われるし、宴の後に記録できたはずである。覚えられなかった歌は、尋ねれば知ることもできたはずである。しかしながら、参加者の名前は記憶していたにも関わらず、同族の大伴牛養の歌すら残していない。(4)

家持は諸兄の歌を最初に置き、自己の歌を最後に置く形で、雪の日の宴の歌を構成し、まとめるべく、豊成や他の者の歌を除外したのでなかろうか。しかしながら、大納言藤原豊成の歌を除外することにはそれなりの意志がなくてはならない。

直木孝次郎氏（「橘諸兄と元正太上天皇―天平十八年正月の大雪の日における―」『国文学』昭和五十三年四月号）は、この当時の政界では、聖武天皇を中にして、元正太上天皇とむすぶ橘諸兄の勢力と、光明皇后とむすぶ民部卿藤原仲麻呂の勢力が対立している情勢であったことを指摘。天平十八年正月の雪掃きに参上した五位以上の官人が、当時の五位以上の官人総数（四十七名）のほぼ半数に及ぶことに注目し、その官職を調べると、太政官首脳部のメンバーの大部分が参加していること、太政官首脳部につぐ重要な部局の卿、あるいはそれに準ずる者が多く姿を見せていることが知られるとし、

天平十八年正月の大雪の日に橘諸兄は、在京の五位以上の官人のほぼ半数をひきいて元正太上天皇の御在所に参入・奉仕したが、そのなかには太政官首脳部のほぼ全員と、八省の長官またはこれに准ずるもの五名（兵部卿・民部卿・刑部卿・大蔵大輔・治部大輔）と、そのほかに造宮卿・弾正弼などの主要な官職をもつものが含まれていた。優に時の政治を左右できる顔ぶれである。それだけの人び

とが左大臣を先頭に太上天皇のもとに参上することは、平穏無事のときならば君臣和楽のあらわれとして見すごすことができるが、冒頭にのべたような、元正を一方の旗頭とする政治の暗闘が存する以上、簡単にこれをおめでたい催しと考えることはできない。その暗闘は天平十七年以来おさまるどころか、ふたたび複雑な様相をもって激化するきざしがあらわれているのだから、なおさらである。御在所参入は、ひとつの政治的意味をもつできごとと解さねばならない。

と述べておられる。そして、元正太上天皇の詔に応えて作ったこれらの歌について、上述のことを背景にして理解・鑑賞すべきとする。そして、家持は諸会の歌を引きだす歌として、男梶の作を掲げたと推測し、

さらに想像すれば、漢詩における起承転結の詩体にならって、諸兄から諸会にいたる四首をならべたのかもしれぬ。そう考えてよければ、四首の最後に大雪を豊年の前兆とする諸会の歌をおいたのは偶然ではなく、天平十八年という年に期待をかける元正・諸兄派の家持の願望に合致するものがあったからではないかと思われる。

とする。この一連の歌群を、たまたま記憶していたのがこれら五首であったと考えずに、家持の意図による配列と考える直木氏の想像は可能性の高いものと考える。

鉄野昌弘氏（「安積皇子挽歌論―家持作歌の政治性―」『萬葉』第二百十九号、平成二十七年四月）は、天平十六年二月の安積皇子薨去の折の家持作について、その第一歌群（巻三・四七五～四七七）の構成が、人麻呂の高市皇

子挽歌（巻二・一九九～二〇二）に拠るとする神野志隆光氏（「安積皇子挽歌」『セミナー万葉の歌人と作品八』平成四年、和泉書院刊）の論を受けつつ、家持作は既に「宮廷挽歌の正当を継ぐ」といった域を超えているとし、家持作は人麻呂高市皇子挽歌を準拠枠として、それに則って歌おうとしていると言うべきで、「家持は、まぎれもなく安積皇子を皇太子並に遇して、その若すぎる薨去を悼んだのである」と指摘する。聖武天皇の唯一の皇子として、皇太子になって然るべきにもかかわらず、藤原氏主導の皇位継承計画により阻まれたままで亡くなった安積皇子を、家持は「人麻呂挽歌の政治性に学びつつ、（朝廷という意味での）『公』とは異なる立場で歌おうとしている」として、それが、大伴氏佐保大納言家の後継者にはありえた「私」であるとする。

家持はすでに安積皇子挽歌において、自らの政治的立場に即した歌を制作していた。天平十八年正月の大雪の日の歌群は、その流れに即しつつ、この日の雪掃きにおける諸兄の意図を汲んで形成した歌群ではなかろうか。

家持の「虚」は、この歌群に始まるわけではない。実用性が高い相聞贈答においてさえ、虚は歌われていた。例えば、笠女郎との贈答歌において、女郎が家持に贈った二十四首（巻四・五八七～六一〇）に対して「大伴宿祢家持が和ふる歌二首」（巻四・六一一、六一二）と二首しか載せていないのは、和え歌を二首しか作らなかったわけではあるまい。女郎が贈った歌は、他に五首（巻三・三九五～三九七、巻八・一四五一、一六一六）あるが、三九五～三九七、一六一六の四首は二十四首と題詞が同一の形であり、これらはもとの資料は一つであったと小野寛氏（「万葉集巻八と巻三・四・六―その共通作者と重出歌―」『国語と国文学』第四十六巻十号）は述べている。その掲載と構成において操作があったわけである。また、河内百枝娘子（巻四・七〇一、七〇二）、巫部麻蘇娘子（巻四・七〇三、七〇四）、粟田女娘子（巻四・七〇七、七〇八）、豊前国の娘子大宅女（巻四・七〇九）、安都扉娘子（巻四・七一〇）、丹波大女娘子（巻四・七一一〜七一三）など名前を明記した娘子から贈られた歌にも答歌は残されていないのに対して、家持は名を記さぬ娘子に贈った三群の歌（巻四・六九一、六九二）（巻四・七〇〇）（巻四・七一四〜七二〇）を載せており、それらには答歌が残されていないことも意図的な編纂である。(5)

「十一年己卯の夏六月、大伴宿祢家持、亡ぎにし妾を悲傷びて作る歌一首」と題する挽歌において、

今よりは　秋風寒く　吹きなむを　いかにかひとり　長き夜を寝む　（巻三・四六二）

と歌うのも、文学上の「虚」であった。天平十一年（七三九）は六月中に立秋が訪れる年であり、それが「今よりは　秋風寒く　吹きなむを」という慨嘆につながるものであることは、諸氏の指摘するところである。(6)六月から秋七月に変わっても、この年七月一日は太陽暦の八月十三日にあたり、暑さ盛りの頃であって、秋風は寒く吹くはずはないのである。しかしながら、『礼記』「月令」に「孟秋の月……涼風至り、白露降り、寒蝉鳴き、鷹乃ち鳥を祭る……」とある中国の四時観において、秋という季節は涼風の吹く季節であり、暦の観念において秋風は寒く吹くのである。秋風に触れて悲傷を喚起される発想は、

漢詩文に普遍的な発想であり[7]、家持は海彼の作品に拠り実際とは異なる「虚」の作品を文学作品として作り上げているのである。

「虚」の作品といっても、亡妾を悲傷するこの歌群自体を虚構とする考えには与しない[8]。言語に霊力が宿っていて、よい事を言えばよい結果があらわれ、悪いことを言えば悪い結果があらわれるという言霊信仰が信じられていた万葉の時代に、軽々しく自己の妾の死を虚構するとは考えがたいからである。おそらくは実体験してあった妾の死に対する悲嘆を、家持は先行する亡妻挽歌を踏まえて作品化したものと考えられる[9]。

六 むすび

妾を亡くした悲しみをただ歌うだけでなく、妾の死に対する悲傷を亡妻挽歌の系譜の中に位置づけて作品として形象化したことによって、家持は歌人として誕生したといってよいように思える。そして、安積皇子挽歌において大伴氏の族長としての自覚のもとに、自らの政治的立場に即した歌を構築した家持は、従五位下の叙位を受けてさらに政治的な情勢の中で歌を作成してゆくことになる。宮廷内に政治家として身を置いて歌を編むには、否が応でもその立場に則らざるを得ない。

この歌群に歌を記し留められた紀朝臣清人は、「紀氏系図」によると紀角宿禰の末であり、その祖に紀小弓宿禰がいるが、紀小弓は雄略紀九年三月に大伴談連らとともに新羅征討の大将軍に任ぜられた人物であり、大伴室屋と親交の深い人物であった。(10) 清人は養老五年（七二一）正月には佐為王・紀男人・山上憶良らとともに、東宮（皇太子首親王（のちの聖武天皇））の教育係に任ぜられており（続日本紀）、また、清人の父国益の兄弟であった紀麻呂の子の紀男人は家持の父旅人が大宰帥の時に大弐として梅花の宴を催した人物である。紀男梶は系譜不詳であるが、或いは男人の子かも知れない。いずれにせよ、紀氏は大伴氏と極めて親しい氏族であった。葛井諸会も、『続日本紀』天平七年（七三五）九月条に、右大弁大伴宿禰道足らとともに「訴人の事を理らぬに坐せらる」として名を見せる人物で、道足の部下であったと考えられ、やはり大伴氏と関係が深かった人物である。歌群の作者たちはいずれも家持にとって隔てのない間柄であったと考えられる。当日の肆宴の意義を共有できる間柄であり、諸兄の歌から展開するその構成について理解を示してくれる関係であったと思われる。

雪の日の肆宴歌は、官人であり歌人であった家持の「虚」により構成された歌群であったのではなかろうか。

注1　橘諸兄は、天平勝宝八年二月丙戌（二日）に致仕の意志を示すが、その背景について、『続日本紀』天平宝字元年六月庚辰（二十八日）条に、「是より先、去ぬる勝宝七歳冬十一月に太上天皇不悆したまふ。時に左大臣橘朝臣諸兄の祗承の人佐味宮守告げて云はく、「大臣、酒飲む庭にして言辞礼無し。稍く反

く状有り云云」といへり。太上天皇、優容にして咎めたまはず。大臣之を知りて、後歳に致仕せり」と記す。

2 倉林正次『饗宴の研究（儀礼編）』（昭和四十年、桜楓社刊）に収められた永久二年正月二十三日の「忠通東三條殿大饗寝殿指図」は、時代や情況は異なるものの、宴の場を推定するに参考となろう。それによると、主人側の座に対して、客側は「尊者座」と「弁少納言座」が左右に向かい合って座をなし、その間に「公卿座」が主人の側の座に向かい合う形である。この場合は、「公卿座」は二列になっているが、いまは一列と考えるべきであろう。

3 漢語「新年」の用例として、『藝文類聚』第七十二巻（食物部「酒」）に「正旦蒙趙王賚酒詩曰、正旦辟二惡酒一、新年長命杯」とあり、「新しき年」の翻読語は正月の賜酒の肆宴の歌に相応しい用語といえる。

4 大伴牛養は、家持の曾祖父である長徳の弟の吹負の子にあたり、天平感宝元年（七四九）閏五月二十九日に逝去している。塩谷香織氏のいうように、この歌群の題詞及び左注の筆録時を勝宝元年（七四九）四月一日から十三日の間とであるとしても、歌について尋ね知ることはできたはずである。

5 伊藤氏『釈注』は、「家持におけるこの『娘子』は家持にとってきわめて重要な存在を占める女性で、それは、今は亡き妾と今や成熟を直前にする大嬢と、その双方の映像を下地に設定された空想の女性ではなかったかと思われる」とし、こういった歌々の散在して並ぶほとんど直後に、「離絶数年」後、再び大嬢とねんごろに会う歌が登場し、そのあとに二人の結婚後の歌が並び、その歌々をもって巻四の「相聞」は幕を閉ざすような形になっているとして、「巻四『相聞』の後半、五七八以降の歌の配列には、紆余曲折はあったものの、坂上大嬢こそが家持青春時代の本命の女性であったのだということを享受者に植えつける仕組みになっているのである。たくさん入りまじる他人の相聞歌の陰に、その意図を、なかなかしたたかに織りこむのが巻四「相聞」の後半で、そこには、心ある者に歌物語を感じさせようとする計算がはたらいているといってよい」と、編纂についての意図を指摘している。

6　大濱眞幸氏「大伴家持作『三年春正月一日』の歌―『新しき年の初めの初春の今日』をめぐって―」（『日本古典の眺望』桜楓社、平成三年刊）、「家持の亡妾悲傷歌―作品構成における季の展開について―」（『三重大学日本語学文学』第四号、平成五年五月）など。ただし、松田聡氏（「家持亡妾悲傷歌の構想」『家持歌日記の研究』平成二十九年、塙書房刊）は、四六二歌の表現はあくまで「秋風寒く吹きなむ」という推量表現であり、これによれば寒い秋風はまだ吹いていないのであるから、この歌の詠まれた時点は夏で、四六五歌以降を秋と理解すべきとする。

7　身崎壽氏（「家持の表現意識―『亡妾悲傷歌』を例として―」（『日本文学』三十四巻七号、昭和六十年七月）は、「秋の長夜を独りわびしく寝て明かす」という発想に、潘岳「秋興賦」（『文選』第十三巻）の影響があるとし、また松田聡氏（「家持亡妾悲傷歌の構想」『家持歌日記の研究』）は、四六二歌は潘岳の「悼亡詩」（『文選』巻二十三）を踏まえたものであるとする。鉄野昌弘氏（「結節点としての『亡妾悲傷歌』」『萬葉』第二百二十四号、平成二十九年八月）は、それらの見解を首肯しつつ、柿本人麻呂から大伴旅人に継がれた「亡妾挽歌の系譜」との関連を指摘する。

8　中西進氏（「家持ノート」『万葉集の比較文学的研究』昭和三十七年、桜楓社刊）は、亡妾は第三者の「妾」か、全く架空かは不明であるが、家持自身の事ではないだろうと推測する。また、伊藤博氏（「内舎人の文学」『万葉集の歌人と作品』下、昭和五十年、塙書房刊）は、「妾」は実在であろうが、亡くなったのは天平十一年ではなく、二～三年前のこととするが、確かな根拠のないこれらの説にはいずれも従えない。

9 家持の「亡妾悲傷歌」が先行する亡妻挽歌の系譜に沿って形成されていることについては、注7の鉄野論文（「結節点としての『亡妾悲傷歌』」）に詳細に論じられている。家持の「悲緒未だ息まず、さらに作る歌五首」（巻三・四七〇～四七四）の五首構成が大伴旅人の薨去を悲嘆し追慕した余明軍の五首の挽歌に拠るものであることは、拙稿（「萩の花咲きてありや」『論集古代の歌と説話』平成二年、和泉書院刊）に指摘したことがある。

10 雄略天皇九年の記事に、紀小弓が大伴室屋を介して天皇に憂慮を陳情したこと、また紀小弓が薨じた後、小弓の妻代わりをしていた采女大海の頼みによって、小弓を葬る墓所を天皇に願い出て世話をしたことが記されている。その折、天皇は詔で「汝大伴卿と紀卿等と、同国近隣の人にして、由来尚し」と述べたと伝える。大伴氏と紀氏は極めて親しい間柄であった。

＊『万葉集』の引用は、塙書房刊『萬葉集 CD-ROM 版』を使用。

大伴家持のもの学び

内田賢德

一 はじめに

天平十八年（七四六）大伴家持は越中守として越中に赴任する。任官と赴任期日については、「閏《うるふ》七月任官、七月赴任」という巻十七・三九二七題詞の万葉集諸本は、任官が赴任の後になってしまい矛盾している。続日本紀の六月二十一日任官をもってするのが妥当であり、それから一ヵ月後くらいの七月に赴任したのであろう。

赴任時に、家持は越中国について何を知っていたのであろうか。このことは、意外に考えられていない。例えば任官事務の一環として地図を与えられたものだろうか。仮に与えられたにしても、彼は「地図の読める人」だったのだろうか。などと想像はめぐるが、それは別の機会に示したい。私の任は、この、『万葉集』に見る限り、「文芸的な、余りに文芸的な」国守のもの学びについて説くことにある。

越中守在任中に家持が優れた歌作をなしたことは、これもあまりふれられたことがないが、環境としてどのように可能だったのだろうか。と言うのは、彼の歌作には高い教養が必要で、ということは、周辺に十分な中国文学の文献が備えられていなければならない。平城京大伴邸であれば、それは可能であっただろうが、越中国ではどうだったのだろうか。歴史的な事実として示すことは難しいが、これを考える鍵が大伴池主《いけぬし》にある。家持の越中守在任当初の下僚であり、文芸の友であった池主が家持を上回るほどの教養豊かな人物であったことは、『万葉集』から知られる。教養とはとりもなおさず中国の諸文献に精通していることであり、それは、例えば『芸文類聚《げいもんるいじゅう》』一百巻が旁らにあればよいというようなことではなかったはずである。ということは、越中国衙《こくが》には、家持の知識欲を十分に満たすほどの書籍が備えられていたと考えてよいのではないか。それを利用して家持の学識は深められていき、越中秀吟へとつながったのであろう。

二 父、大伴旅人

『公卿補任《くぎょうぶにん》』など記録に残された年齢から家持の生年は養老二年（七一八）が有力とされる。父旅人は、『懐風藻《かいふうそう》』に従二位大納言時の詩「初春宴に侍《じ》す」が載り、そこに「年六十七」と記される。従二位に叙されたのが天平三年（七三一）正月で、その年の七月に薨《こう》じたと『続日本紀』に記されるから、この詩はその年の正月の賜宴での作であったことになる。とすると、家持の生まれた年、父は五十四歳であった。晩年の子であったと言ってよいであろう。家持からすれば、十四歳で父を喪ったことになる。この年齢から推測すれば、母は大伴郎女《いらつめ》ではなかったが、庶子であっても、他に嫡子《てきし》はなかったとみえて、嫡子と同じ待遇を受けたらしい。蔭位《おんい》が適用され、若くして位を与えられている。蔭《おん》は特権の一つで、五位以上の子、三位以上であれば孫も、二十一歳になると位階を授けられる資格を得た。また、家持が有力貴族の子弟で構成される内舎人《うちどねり》になっていたことは、題詞から知れる。まずは官人として順調に出発したと言えよう。

内舎人であったことを記す歌は、橘奈良麻呂が催した宴での十一首の掉尾《とうび》の歌、

もみち葉の過ぎまく惜しみ思ふどち遊ぶ今夜《こよひ》は明けずもあらぬか　（巻八・一五九一）

で、「右の一首、内舎人《うちどねり》大伴宿祢家持」とあり、更に左注に「以前は、冬十月十七日に、右大臣橘卿《たちばなきやう》の旧宅に集《つど》ひて宴飲《えんいん》せるなり」と記される。右大臣は橘諸兄《もろえ》で、橘邸は井手（京都府井手町）にあったが、平城京に旧宅が残っていたのだろう。この歌群の前の一五八〇歌の左注に「天平十年戊寅《ぼいん》秋八月廿日」と日付があり、「冬十月十七日」は同年（七三八）の冬である。家持二十一歳ということになる。この時、主奈良麻呂《ならまろ》は十七、八歳かとされる。宴に集って歌を残した者の中には、弟書持《ふみもち》、同族の池主がいた。

八年後この池主と越中で出会い直すことなど、二人は知るよしもない。また、奈良麻呂、池主、家持と並べば、これから十九年後の政変謀略《クーデター》の顔ぶれ（但し家持は容疑のみ）が揃っていることになる。青年たちはしかし、その暗い運命を予感することもなく、希望に満ちていたであろう。

内舎人と記す歌は、次に天平十二年冬十月と題詞に記される聖武天皇の伊勢行幸に供奉《ぐぶ》した折の作がある。内舎人は行幸に近習供奉して警護するのを主要な任務の一つとした。ここには家持の歌（巻六・一〇二九）と天皇の御製歌（巻六・一〇三〇）が載せられている。聖武天皇はこの年四十歳であった。家持と十七歳差である。家持は、後年、聖武天皇の御代をあるべき時代として振り返る。それは孝謙天皇以後奈良朝末期に至る時期の天皇のあり方に対する危機感から生まれた歴史観であろう。その動機を形成したのが、この時期に内舎人として聖武天皇に近習した数年の経験であっただろう。

そして同じく内舎人として歌を残すのが、十五年の「久邇京《くにきやう》を讃《ほ》めて作る歌」（巻六・一〇三七）であり、そして安積親王《あさかのみこ》に関わる歌である。中でも安積親王の薨に際して詠んだ、二組の長歌反歌二首で構成される挽歌（巻三・四七五～四八〇）は、この時期の家持がかつての人麻呂のような存在でもあったことを示している。もちろん時代は経ていて、その間には笠金村《かさのかなむら》や山部赤人《やまべのあかひと》らの時期があり、また後で述べる理由によって、彼らと家持とはその立場が大きく異なっていたから、同列に扱うことはできないが、内舎人の集団にあって、家持は宮廷内部の歌人という立場にあったと言えよう。

そのあり方は父旅人と極めて異なる。

筑紫下向以前の旅人に儀礼歌が見られる。

暮春の月、吉野の離宮《とつみや》に幸《いでま》せる時に、中納言《ちうなふごん》大伴卿《きやう》、勅《みことのり》を奉《うけたまは》りて作る歌一首併せて短歌　未だ奏上に至らぬ歌

み吉野の　吉野の宮は　山からし　貴《たふと》くあらし　水《かは》からし　さやけくあらし　天地《あめつち》と　長く久しく
万代《よろづよ》に　変はらずあらむ　行幸《いでまし》の宮　（巻三・三一五）

反歌

昔見し象《きさ》の小川《をがは》を今見ればいよよさやけくなりにけるかも　（三一六）

題詞の「暮春の月」即ち三月の吉野行幸は、神亀元年（七二四）三月の聖武天皇即位直後の行幸と目されている。長歌は、短く吉野離宮を称える。この作には中国詩文の語句が翻訳を介して、殆ど引用という形で存する。今一々の例はあげないが、山を「貴」とすること、山《さん》と水《すい》を対にすること、「天地長久」という言い方がそうである。さらに「万代《よろづよ》尓《に》不レ改将レ有《かはらずあらむ》」（本文）は、神亀元年二月の聖武天皇即位の宣命にみえる「万代尓不レ改常典《かはるましじきつねののり》」を踏まえているという。そこには旅人の知のあり方が端的な形で現れていて、この作は、吉野を称える、『懐風藻』所載の詩と共通する意識のもとに詠まれたことを示している。しかし、その詩との結びつきこそが、「未だ奏上に至らぬ歌」たらしめた一つの要因ではなかろう

か。既に清水克彦「旅人の宮廷儀礼歌」（『萬葉』37　一九六〇・一〇）が示唆するように、この形は朗唱という口頭性からは意味と価値を了解させることはできない。伝統的な儀礼歌との差は歴然としている。ことは詩文の知識に限らない。この歌に最も欠けるのは、天皇の具体的な行為が四囲を価値づけているという、宮廷儀礼歌なら伝統的にもった文体であろう。前年、養老七年（七二三）五月の元正天皇吉野行幸時の笠金村の作にもあった、「……万代に　かくし知らさむ……うべし神代ゆ　定めけらしも」（巻六・九〇七）といった歌詞を連ねて朗々と歌いあげるといった、儀礼歌らしい現実性はなく、吉野の価値はそれ自体の神秘性（山からし貴くあらし、川からしさやけくあらし）に置き換えられていると言ってもよい。わずかに「行幸の宮」の結句は天皇に直接して、讃歌の要件は果たされはするが、行幸を吉野の神秘性の成因と言うのではない。詩文への知識とそれを伝統的な讃歌に生かす方法とが相容れないことは自明であっただろう。ことは単に翻訳語を用いるという域を越えている。儀礼の場を離れてこそ意味ある宮廷儀礼歌という背理を負うことに、もとより作者は自覚的であって、「未遑二奏上一《いまだそうじやうにいたらず》」とは、その形式の謂いに他ならない。

　このような儀礼歌で、「勅を奉りて作る」と記載されるのは異例で、「応詔」とするのが一般的である。発表された歌は「応詔」と記載するのであろう。とすると、「勅を奉りて作る歌」という記載は、「未レ遑二奏上一」（本文「遑《ジツ》　如質反、近也、伝也、至也」万象名義）という注と実は相関的であって、作歌事情はその相関を解かねばならない。勅によって作った歌だがまだ帝のお目に掛けていない歌、ということの背後に、奏上しえなかった事情を忖度することが行われてきたが、未奏に終わったことを嘆くというような理解（伊藤博「未逕奏上歌」『万葉集の歌人と作品下』初出一九七〇）がふさわしいかどうか疑問である。むしろ儀礼歌らしからぬその文体の質が自覚されていたと考える。……さよう、私ならこんな風に詠みますかなといった動機を想定したい。

ここにあるのは、宮廷儀礼歌たらんとしてなしえなかった落胆ではない。むしろ宮廷儀礼歌という制約から立場として自由に、しかしその機会に作歌することを想定してみた、一つの試みであろう。反歌が、全く個人的な回想であって讃歌としての質から遠いのもそれと関わる。「昔見し象の小川」は持統天皇に供奉して吉野を訪れた経験をいうとされている。その吉野が、新帝聖武の治世になって、一層さやけくなると歌う。「さやけし」は、「さゆ（冴ユ）」と同源で、ものの純一性が更にそれ自身へと純粋化されることをいう。ここに天皇讃歌の質を見ることは容易だが、少し注意すると、このように詠み手の感覚と判断が価値を規定することは、一連の吉野讃歌の中で特異であることに気づく。鳥のにぎほひ、水の清らなるたぎち、そうしたことの現前こそが吉野の永遠の証として天皇の許にあると歌うこと、それが吉野讃歌の反歌に必要な要件であった。三一六歌は、作者の全く個人的な体験と感覚に基づく、神境吉野の価値判断として自立した意味に取られてよく、従って宮廷儀礼の歌としては異例のものであろう。

自由さはまずは旅人自身の地位（正三位中納言）と宮廷儀礼歌の担い手達、赤人や金村との地位の差として導かれてよいであろう。奏上することのない試みの歌に義務や制約はなくてよい。しかし、その自由を表現したのは、むしろこの長反歌に示されるような中国詩文の知識でこそあったはずである。単に訓字を選ぶことに尽きない、詩文の内容への理解の深さがあった。

つまり、父旅人は、宮廷の讃歌といった歌のあり方、少し踏み込んだ言い方をすれば「王権の文学」としての和歌という制約から自由であった。その自由さの中から自己表現が生まれてくる。

旅人の大宰府での望郷歌「帥大伴卿の歌五首」の第三、

浅茅原《あさぢはら》つばらつばらに（曲曲二）物思《おも》へば古《ふ》りにし里し（故郷之）思ほゆるかも　（巻三・三三三）

の「曲曲二」の解し方は、「委曲を意味し、詳しく、よくよくの意」（新編全集）などで、「委曲毛《つばらにも》」（巻一・一七）と基本的に等しく考えられている。しかし、詳しく、よくよくなどの意は、「見る」に有縁的であっても「思ふ」には縁が薄い。この歌の構文、「……思へば……思ほゆ」は唯一例。これが人麻呂の

大君の遠《とほ》の朝廷《みかど》とあり通《がよ》ふ島門《しまと》を見れば神代《かみよ》し思ほゆ　（巻三・三〇四）

に始まる「……見れば……思ほゆ」の多くの例を念頭に作られた形式であることは明らかで、ならば、「曲曲二」は、「見る」と有縁的であるのとは異なる発想に基づいていた筈である。「さまざまに物を思ふ

心をよせてよめり」（代匠記初稿本）の解し方が継承されていて、「ツバラツバラニ見る」を思フに応用した解し方になっている。つくづくと、しみじみとの訳は、語彙的に思フと有縁的な修飾語を与えたものである。

しかし、ツバラツバラという語形と「曲曲二」という用字は特に求められたものではなかったか。『詩経』という後世の書名で示されることの多い『毛詩《もうし》』（秦風《しんぷう》）の「小戎《しょうじゅう》」は、軍人の妻が、国境に出征中の夫の雄姿を思い遣る詩、その一節に「言念二君子一、温其如レ玉。在二其板屋一、乱二我心曲一」（言《こ》れ君子を念《おも》ふに、温《おだ》やかなること其《そ》れ玉の如し。其《か》の板屋《はんおく》に在るは、我が心の曲《くま》を乱る）とある。「雄々しいあなた、わたしはあなたをこいしがる、玉のような人格者であるあなたよ、それが今は木造の家にいらっしゃる、わたしの心は奥底からかきみだされる」（吉川幸次郎訳）。後漢鄭玄《じょうげん》の箋《せん》に「心曲、心之委曲也、憂則心乱也」とある。心を細部に亙《わた》って尽くすのであって、単にあれこれ思うのではない。「曲」をこれを踏まえた意味とすれば、まさしく思フと有縁的であろう。ツバラツバラニとは、心の細部を尽くしてということになる。単にツバラニではなく畳語形をとったことは、そこに情感の流れを託すからであろう。浅茅原と発音することの中に成立するチハラという三音節を単位として、類音ツバラへとその単位が繰り返され、そこに切れと続きが形成される。律動は発音という身体性のことから内部へと及び、即ち情感の律動として働き、そして意味がその心のあり方を規定する。ツバラツバラニは、思フことの修飾であると同時に、情感が「心の委曲」に沁みてゆく、歌の音律そのものである。心の委曲という意味は字面を離れて

大伴氏関連系図

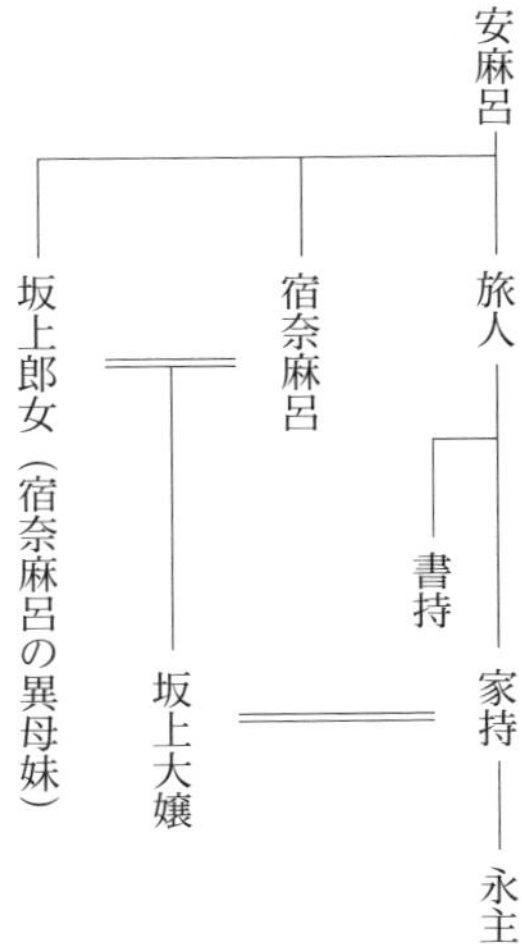

その音律に託される。思へバは見レバの応用であると共に、「心の委曲」が要請した必然であった。そしてそれ故にこそ、故郷《ふりにしさと》が思われてくるのである。心の深部に届いた情感が捉えたものは〝故郷〟であった。「ふりにし里」としての明日香こそが自らの故郷だとここで言う。旅人が故郷と指す時、明日香と共に奈良があるが、ここでは明日香へと思いの至ることが詠まれ、そして情感はそこから出ることがない。「見れば…思ほゆ」の形式は、矚目《しょくもく》のものと情感とが一つに結ぶところに、思われるものが心の中に生起するのであった。「思えば―思ほゆ」は自己完結的に内面の出来事である。

父旅人のこのような立場は、当然家持に引き継がれる。彼が内舎人として詠んだ幾つかの儀礼歌風は、当然それが任務の歌人たちと異なる位相を有していたに違いない。そして父の歌の方法には、後年家持が達成する自己の方法と同質のものがある。情感が感傷として表現されることも等しい。

二　叔母、坂上郎女

家持は十四歳で父を喪う。その薫陶を受ける十分な時間はなかった。大納言家の遺児を歌の世界へ導いたのは、叔母であった坂上郎女《さかのうえのいらつめ》であろう。天平五年（七三三）の歌で、憶良の実質的な辞世歌（巻六・九七八）に続いて載るのが次の歌である。

大伴坂上郎女、姪《をひ》家持が佐保《さほ》より西の宅《いへ》に還帰《かへ》るに与《あた》ふる歌一首
我が背子が着《け》る衣薄《きぬうす》し佐保風《さほかぜ》はいたくな吹きそ家に至るまで　（巻六・九七九）

十六歳の甥《おい》（姪の字を使うのは、この字が女性から見た自分の兄弟の子供を指す語だから）は、大伴本邸より西の別宅に住んでいたらしい。そこへ帰る際にその薄着を気遣っている叔母らしい、と言うよりも、大納言家の実質的な家刀自《とじ》であった坂上郎女が、気をつけてねと気遣っているのである。

家持の最初の歌がどれであるかは、幾つか説があるが、年次がはっきりしているのは、右の歌と同じ天平五年の作である。

大伴宿祢家持が初月《みかづき》の歌一首

振り放《さ》けて三日月見れば一目見し人の眉引《まよび》き思ほゆるかも

（巻六・九九四）

「振り放けて」は振り仰いで遙かに高い空のものを見る見方、フィギュアスケートのイナバウワーを思い出せば結構。ただ、これは古代的、呪的な見方であって、天智天皇崩御に際しての挽歌の中に、

天《あま》の原《はら》振り放け見れば大君《おほきみ》の御寿《みいのち》は長く天足《あまた》らしたり

（巻二・一四七）

とあるのは、「聖躬不豫《せいきゆうふよ》」（天皇の危篤をいう）の状態にある天皇の聖寿の不変を祈る呪歌である。「振り放け見る」ことが、そのシンボルたるものを見るというのだが、子細は分からない。その価値的なものを見るということを、家持はここで「一目見し人の眉引き」に対して使っているのである。人麻呂歌集の

遠き妹が振り放け見つつ偲《しの》ふらむこの月の面《おも》に雲なたなびき

（巻十一・二四六〇）

に先蹤がある。この月は、私も共に見ることを通して、二人を結びつけるのである。

さて家持が「一目見し人」とは具体的に誰か、やがて結婚する坂上大嬢《おおおとめ》ではないかと思いたいところ

だが、この二人はずいぶん年が離れていたようだから、家持十六歳の時、心ときめくような相手ではまだなかったと言うべきだろう。この歌は、直前の郎女歌、

同じ坂上郎女が初月《みかづき》の歌一首

月立ちてただ三日月の眉根《まよね》掻《か》き日《け》長く恋ひし君に逢へるかも　（巻六・九九三）

が、眉を三日月のように細く描き、それを掻く、そうすると長く待ち焦がれたあの人に会えるのではないかというのを踏まえて詠んだと考えられる。例えばこのようにして歌のレッスンが行われたのであろう。ただこれには「初月」が中国詩の題材であったこと、またそれが女性の眉の隠喩であったことという共通の知識が前提となっている。家持が早くも中国詩の知識と、先行する人麻呂歌集歌などを摂取して歌作していたことは注意してよいことである。

ただ、坂上大嬢との関係については、今一つ考えておくべきことがある。巻八に載る家持歌「大伴宿祢家持が鶯の歌一首」（巻八・一四四一　春雑歌）、「大伴宿祢家持が春の雉《きぎす》の歌一首」（巻八・一四四六　同）の二首は、春雑歌末の「大伴坂上郎女の歌一首」（巻八・一四四七　同）左注に、「右の一首、天平の四年の三月《やよひ》の一日《つきたちのひ》に、佐保の宅にして作る」とあることから天平四年の作と判断され、九九四歌に先行することになる。題詞の形式が中国詩の殊に詠物詩に倣うものであることは、家持がその出発から中国詩に学ぶという方法を

とっていたことを示す。そして一四四一歌、

うち霧らし雪は降りつつしかすがに我家《わぎへ》の園《その》にうぐひす鳴くも

は、父旅人の催した大宰府での梅花宴での歌「梅花の歌三十二首」のうちの、

我が園に梅の花散るひさかたの天《あめ》より雪の流れ来るかも　（巻五・八二二　旅人）
梅の花散らくはいづくしかすがにこの城《き》の山に雪は降りつつ　（巻五・八二三　百代）
梅の花散らまく惜しみ我が園の竹の林にうぐひす鳴くも　（巻五・八二四　奥島）

の三首を、踏まえると言うより、それらに追和したような内容となっている。父の文雅への憧憬が結実したのであろう。ちなみに弟書持に「大宰の時梅花に追和する新歌六首」（巻十七・三九〇一～六　天平十二年（七四〇））がある。ただし書持とするのは元暦校本のみで、他は家持とするが、元暦校本に従うのが通説である。

そして巻八の春相聞の冒頭には、「大伴宿祢家持、坂上家の大嬢に贈る歌一首」（巻八・一四四八）があり、

我がやどに蒔《ま》きしなでしこいつしかも花に咲きなむなそへつつ見む

と歌われている。庭に蒔いたナデシコがいつになったら花咲くであろうかというのだから、寓されている大嬢がまだ幼いことが分かる。しかしともかくも歌を贈るのだから、二人の間には擬制の恋愛関係があったのだろう。十六歳と言えば、高校一年生である。もちろん現代とは比較にならないが、幼女よりも成熟した女性に興味を抱く時期ではなかろうか。

四 方法の成熟

閑話休題《それはさておき》、内舎人であった時期、家持は右のような詠物詩に学んだ歌の方法を深化させる一方、天皇に近習して、宮廷の歌もものしていた。そこにあるわずかな亀裂が、後に彼の中で意識されるようになる。少し先走ると、越中守時代はその歌の晴《はれ》の側面、つまり守としての自覚が歌に現れることと、褻《け》としての側面、つまり独詠の中に沈潜することとが調和していた、幸福な時期であったように思う。しかし、今はそれに立ち入らない。

詠物という方法と家持の関係については、芳賀紀雄にまとまった論（『萬葉集における中國文學の受容』二〇〇三・一〇、塙書房）がある。それによりつつ、幾つかの点について述べてみる。

ホトトギスを詠む歌の多さはよく知られ、家持偏愛の鳥であったと、一般には思われているが、詠物詩の方法とは、好物を取り上げるということとは異なっている面があって、好尚ということよりも、それぞれの季節を、何にどのように代表させるかということが肝心である。だから事実として家持がホトトギスとナデシコを好んだと、あまり考えない方がよい。これは、ちょうど紀女郎が家持に、これを食して肥えなさいといって茅花《つばな》を贈った（巻八・一四六〇）からといって家持が痩せていたとは限らないことと似ている。

そのホトトギスを詠む歌、

大伴家持が霍公鳥《ほととぎす》の歌二首

夏山の木末《こぬれ》の繁《しげ》にほととぎす鳴きとよむなる声の遙《はる》けさ　（巻八・一四九四）

あしひきの木《こ》の間《ま》立ち潜《く》くほととぎすかく聞きそめて後《のち》恋ひむかも　（巻八・一四九五）

遠くに鳴くホトトギスの声を聴いた第一首と、それによってまたこれからも聴きたくなるだろうという第二首で構成される。この第一首が、湯原王の、

湯原王の鳴く鹿の歌一首

秋萩の散りのまがひに呼び立てて鳴くなる鹿の声の遙けさ　（巻八・一五五〇）

を襲う一首であることは明らかであろう。共通する「鳴くなる」の終止形から続くナリは、聴覚によってそのものの存在を認定する、上代独特の語法で、視覚によるミユ（「立ちませりミユ」巻十六・三八一七）と並ぶ。助動詞とするが、それよりは終助詞のような働きをしている。王の歌に深みがあるように思われるのは、年齢差だろうか。吉野で詠んだ、

吉野なる夏実《なつみ》の川の川淀《かはよど》に鴨そ鳴くなる山影《やまかげ》にして　（巻三・三七五）

に共通する静けさがある。こちらも「鳴くなる」で、声だけで存在を示すこの語法に習熟していたのであろう。「遙けさ」は遙ケシの名詞形だが、このハルケシは万葉後期になって使われてきた語で、遠シと類義だが微妙に異なる。この語に「遙」字を当てたのは誰であったか特定できないが、漢語における「遠」と「遙」の使い分け―遠が仄声、遙が平声―をうまく利用している。同じ far distance でも遙ケシは数値化できない far distance である。現代語でも「遠き草原」と言うより「遙かなる草原」という方が歌謡曲などには向いている。こうした微妙な意味が詠物の方法と組み合わされるところに新しい効果が生まれていて、家持はただ中国詩の学識が豊富であっただけではないことが分かる。越中で射水川

「大伴家持秋歌三首」京大本（京都大学附属図書館貴重本サイト）

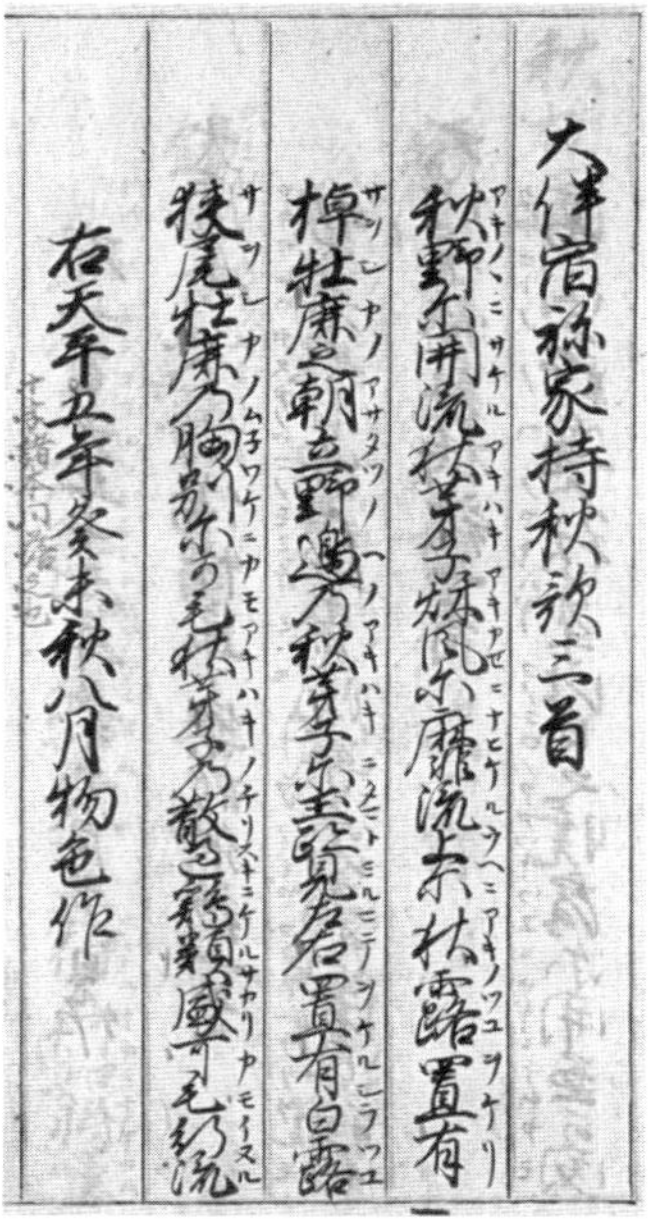

の船頭の舟唄《バルカローレ》を詠んだ歌へとつながっていく。

中国詩を取り入れるだけでなかったことは、左注に「物色を見て作る」という詠物への方法的興味を露わにした作「大伴宿祢家持が秋の歌三首」にも見られる。三首は、

秋の野に咲ける秋萩《あきはぎ》秋風になびける上に秋の露置けり　（巻八・一五九七）

さ雄《を》鹿《しか》の朝立つ野辺《のへ》の秋萩に玉と見るまで置ける白露《しらつゆ》　（巻八・一五九八）

さ雄鹿の胸《むな》別《わ》けにかも秋萩の散り過ぎにける盛りかも去《い》ぬる　（巻八・一五九九）

右、天平十五年癸未の秋八月、物色を見て作る。

という歌である。本文で示すと第一首の「秋露」が第二首で「白露」と言い換えられる。秋は五行説で白になるから二つは同じである（芳賀前掲）。それを言い換えているのだが、詩の場合「秋露」は平仄であ

り、「白露」は仄仄であり、詩ではそれぞれに応じて使い分けられている。それを家持は利用したのである。アキノツユという倭語とシラツユという翻訳語とで日本語に置き換えられている。シラツユは、露が白いという観念が日本にあったことは確かではなく、白露を翻訳するところに成立した日本語と思《おぼ》しい。他に例えば、白雪―シラユキは、雪は白いに決まっているから、通常はできない語構成である。丸玉―マルタマ―と言わないことと等しい。しかし中国語の場合、散文なら四字句、韻文なら五言か七言という字数が決まっているから、雪を表現するとき、足りないときには白という装飾的修飾を加えて字数を合わせる。それを日本語で訓むところからシラユキはできた。シラツユも同様にそうした翻訳語である。

家持の工夫はそれに尽きない。第三首は、萩の散ったのは、鹿が乱暴に通り過ぎたからか、それとも季節がもう盛りを過ぎる頃になったからかといぶかり、露のせいではないと、露を弁護する。第三首は、今度は露という語を見せずに、やはり露を詠んでいるのである。詠物ということに加えた、やはり詠物の方法の延長ではあっても、和歌ならではの工夫である。

天平十五年秋八月、家持二十六歳、内舎人と記す題詞が天平十六年の安積親王挽歌に見られるから、この年もまだ内舎人であった。天平十八年、越中守として赴任する三年前の歌である。そうした歌の方法をもって、大伴宿祢家持は越中に臨む。彼にとってほとんど初めての、今度は歌人ならぬ官人としての出発である。歌と官人と、彼の中でどのように絡まって、人間形成と歌の習熟があったか。二つの焦点からの距離の比が一定であるような軌跡を描いてその生涯は営まれた。越中時代はそれが調和を得た幸福な時期であっただろう。帰京後の暗い憂いとは対照的である。

本稿は、その軌跡の準備された時期について知見を述べた。

＊『万葉集』の引用は、『萬葉集 CD-ROM 版』（塙書房）による。

大伴家持と紀女郎との贈答歌の表現

平舘英子

一　はじめに

天平十八年（七四六）六月、越中国の国守に任ぜられた大伴宿禰家持《おほとものすくねやかもち》は、七月に現地に赴任した。弱冠二十九歳であった。都から越中までの行程は九日である。(1)そこで、家持が目にしたのは越中の美しくも雄大な自然であった。赴任後一ヶ月の宴で「馬並《な》めていざ打ち行かな渋谿《しぶたに》の清き磯廻《いそみ》に寄する波見に」（巻十七・三九五四）と詠み、越中国の自然を遊覧し、その好景を愛でる心情を披露している。その後も、「二上山の賦」（巻十七・三九八五〜三九八七）を始め、越中国の自然を愛でる作を詠んでいるが、越中に赴任してまもなく二年が経とうとする三月、出挙《すいこ》のために出かけた管内巡行の折りに詠んだ九首一連の作品では、冒頭歌に次のように詠んでいる。

雄神川《をかみがは》紅にほふ娘子《をとめ》らし葦付《あしつき》〈水松の類〉取ると瀬に立たすらし　（巻十七・四〇二一）

雄神川が紅色に色づいて見える景に対して、娘子たちが葦付（「かわもずく」か）をとろうとして瀬に立っているに違いないという確信を詠む。そこには、娘子たちの紅色の裳が雄神川の河面に照り映えている光景が捉えられている。それは、自然の美しさだけでなく、そこで働く女性たちの姿と一体となることで生じた越中国の景の美しさの把握である。この把握が越中赴任以後のそれまでの自然の把握と異なることは、この管内巡行の折の作品に対して、左注に「右の件《くだり》の歌詞は、春の出挙に依りて、諸郡を巡行し、当時当所にして、属目《しよくもく》し作る」とあることからも推測される。「属目」の「属」は「属　ツク」（『類《るゐ》聚名《じゆみやう》義《ぎ》抄《せう》』観智院本）と訓む。「属目」は物にツク、すなわち物に目をとめて、注意して視る意である。人事と自然の一体化を詠む四〇二一番歌は「属目」の結果の作品と呼ぶにふさわしい。越中国の自然美を愛でていた家持にとって、「属目し作る」方法はその土地の美とそこで生活する人々への、より具体的で親密なまなざしがもたらした表現方法と言える。こうした表現方法の獲得には、もちろん、越中国の自然の美しさの力が大きいと推測されるが、そこに働く人々を詠むことは越中赴任後のそれまでの作品には見えない要素である。では、越中国赴任以前にそうした萌芽があったのであろうか。

越中国赴任以前、天平三年（七三一）に父大伴《おほともの》旅《た》人《びと》が薨去した時、家持はまだ十代の半ばに過ぎなかった。二十歳で内《うち》舎《ど》人《ねり》として出仕してからは、宮廷人として華やかな生活を過ごしていたらしい。『万葉集』が伝える歌々において、越中赴任以前の家持の作百五十六首のうち八十二首が女性との相聞歌で、家持は複数の女性たちとの贈答歌を残している。中でも注目される贈答歌群に、紀女郎とのそれがある。家持が複数回贈答歌を交わしているのは坂上大嬢《さかのうへのだいぢやう》と紀女郎《きのいらつめ》の二人だけである。後に、正妻として越中国にも滞在する坂上大嬢に複数の贈答歌群があるのは当然であろう。二人の贈答歌群は情愛を伝え合う作品群でもある。一方、紀女郎との複数回の贈答歌群には、諧謔的な要素や漢語の受容などが見られることはすでにさまざまに指摘されている。紀女郎は、年上の、かなり教養のある女性だったらしい。そうした女性との歌の贈答の中で家持はどのような影響を受けているのであろうか。越中赴任以前の家持の作歌のあり様の一端を探ることで、越中国における「属目し作る」方法の萌芽を探ってみたい。

二　紀女郎の出自と大伴氏

紀女郎は集中に短歌十二首（相聞十一首、冬雑歌一首）を載せるが、贈り先が記名されるのは家持のみである。次は紀女郎の親族などについての注を持つ作品である。

紀女郎が怨恨《うらみ》の歌三首［鹿人大夫《かひとだいぶ》の女《むすめ》、名を小鹿《をしか》といふ。安貴王《あきのおほきみ》の妻なり］

世の中の女《をみな》にしあらば我《あ》が渡る痛背《あなせ》の川を渡りかねめや　（巻四・六四三）
今は我《あ》はわびそしにける息の緒《を》に思ひし君を許さく思へば　（巻四・六四四）
白たへの袖別るべき日を近み心にむせひ音《ね》のみし泣かゆ　（巻四・六四五）

題詞の注から父は紀鹿人大夫、名は小鹿といい、安貴王の妻であったことが知られる。鹿人は『続日本紀』によると天平九年（七三七）外従五位下主殿頭《とのもりのかみ》、天平十三年（七四一）には大炊頭《おほひのかみ》であった。安貴王は志貴皇子の孫で、後に「父安貴王を禱《ほ》く歌」（巻六・九八八）を詠む市原王《いちはらのおほきみ》は紀女郎の子かとされる。

右の三首の怨恨の相手については具体的な個人として夫の安貴王を想定する説がある一方で、[(2)]「怨恨」を主題とした作品と見る説[(3)]がある。歌の内容は、男との別れに向き合って揺れ動く嘆きの心情を詠む。

第一首は「私が世間一般の女であったならば、渡りかけている痛背《あなせ》の川を渡りかねることがあろうか」の意。川を渡ることについては「恋の成就」の意味（『全訳注原文付万葉集』講談社文庫）、「恋の冒険、不倫な関係を結ぶことを暗示する」（『新編全集』）とも、「女が川を渡ることには世間の妨害に抵抗することを意味するのが当時の習い」（『釈注』）ともされる。痛背の川は他に例が無く、痛足川《あなしがわ》（奈良県桜井市を流れる巻向川の穴師付近での呼称）かという。「痛背」の表記は「アナセに感動詞のアナと背（夫）とをかけて、自分を裏切った男に対する痛恨の情を込めたものか」（『新編全集』）という把握を納得させよう。ただし、川を渡るという行為は、裏切った男に対するものであれば、それは恋の成就というよりも、むしろ裏切った男になお惹かれる故の行為ではないのか。第二首は命がけで思っていた相手を手放すことへの嘆き、第三首は別れの日が近づき、胸がつかえて声をあげて泣かれるの意。別れを目前にしながら強い慕情を表明していることからすると、裏切りがあったとしても、別れは女にとって不本意なものであり、男に対する思いが断ち切りがたいものであったことを窺わせる。「世間の女にしあらば」という仮定法には、男への思いと思いのままに行動することとへの葛藤が託されている。別れを受容し、それでも嘆きが尽きない心情の表明といえる。安貴王の妻という身分への意識であろうか。強い慕情から生じる行為を思い止まろうとする心情には、矜持の高さが窺える。三首にあるのは、募る嘆きを吐露しつつ、第一首が示した矜持のままに別れを受容する姿勢である。そこに紀女郎の意識の持ちかたの一端が把握できると考えられる。

紀女郎と夫の安貴王との間に贈答歌などは見えないが、安貴王には次の歌がある。

伊勢国に幸《いでま》せる時に、安貴王の作る歌一首

伊勢の海の沖つ白波花にもが包みて妹が家づとにせむ　(巻三・三〇六)

養老二年(七一八)の行幸の折りの作。妹は紀女郎かと推測される。「沖の白波が花であったら」という願いは、それを家づと(土産)にして伊勢の海の白波の景を妹と共有したいという願いであり、愛情のある関係が推測できる。しかし、二人の関係は、安貴王の裏切りによって壊れたらしい。巻四相聞部に載せる「安貴王の歌」（巻四・五三四、五三五）は左注に「右、安貴王、因幡《いなは》の八上采女《やかみのうねめ》を娶る。係念極まりて甚しく、愛情尤《もと》も盛りなり。時に、勅《みことのり》して不敬の罪に断《さだ》め、本郷《くに》に退却《まか》らしむ。ここに、王の心悼み怛《かなし》びて、聊《いささ》かにこの歌を作る」とある。紀女郎の「怨恨歌」の対象が安貴王とされる理由には八上采女との事件が考えられるが、集中の配列から推測される「怨恨歌」の作歌時期はその事件よりもかなり後と見られる。(4) 安貴王自体は天平元年（七二九）に従五位下に上るが、従五位上になるのは天平十七年（七四五）のことである。事件の影響があったのであろうか。家持と紀女郎との贈答はこの期間に当たり、橋本達雄氏は天平十一、二年から同十三年頃と推定されている。(5) 安貴王と紀女郎との関係はすでに解消していたと思われる。

　家持と紀女郎との贈答のきっかけは不明であるが、大伴氏と紀氏とは古くからの関係が知られている。雄略紀九年、紀小弓宿禰《きのをゆみのすくね》と大伴談連《おほとものかたりのむらじ》らは、新羅に遠征し、紀小弓は病没、大伴談は戦死する。その時に、天皇は大伴室屋大連《おほとものむろやのおほむらじ》に「汝大伴卿と紀卿等と、同国近隣の人にして、由来尚し」と述べたとある。両氏が紀伊国において近隣と称されていた理由について、岸俊男氏は、大伴氏は紀伊国の紀ノ川流域の那賀・名草両郡にもその同族が多く分布しており、それは紀氏の分布に重なることを指摘している。(6) こうした古くからの関係のみならず、奈良朝においても、親族同士の親密な繋がりがあったことが次の歌から知られる。

典鋳正《てんじゆのかみ》紀朝臣鹿人、衛門大尉《ゑもんのだいじよう》大伴宿禰稲公《いなぎみ》の跡見《とみ》の庄に至りて作る歌一首

射目《いめ》立てて跡見の岡辺のなでしこが花ふさ手折り我《あれ》は持ちて行く奈良人のため　（巻八・一五四九）

典鋳正は、「職員令《しきゐんりやう》」によると、金銀銅鉄の鋳造、塗飾《づじき》、瑠璃《るり》、玉作《たまつくり》、工人の戸数名籍等を掌る役所である典鋳司の長官で、正六位上相当官である。一方の大伴稲公は大伴安麻呂の子で旅人の異母弟。坂上郎女には同母弟であろうか。稲公は天平二年（七三〇）に右兵庫助。恐らくその解任後衛門大尉を経て、同十三年十二月因幡国守になっている。小野寺静子氏は、官位の時期に加えて『万葉集』の歌の配列から、一五四九番歌は凡そ天平六年秋から七年秋の作と推定される。[7]跡見の庄には坂上郎女が訪れて留守宅の大嬢に歌を送っており、大伴氏の庄園だったと推測される。そこに紀鹿人が訪れたのである。親族同士の親密な関係の中で紀女郎と家持との出会いは自然なことであったろう。

また、雄略紀九年の記事がそうであるように、紀氏に関して、記紀における記事の殆どが朝鮮半島への外征であり、紀氏は早くから朝鮮経略において重要な役割を果たしていたことが注目される。このことは紀氏に当代の学識者が多いことも関係するのであろう。和銅七年（七一四）二月十日、国史撰上を命ぜられた紀清人は文章博士《もんじやうはかせ》であり、養老五年には東宮に侍せしめられている。山上憶良の名も見えるその東宮侍講には、紀朝臣男人《きのあそみをひと》と、紀氏と縁のある越智直広江《おちのあたひひろえ》（大学博士）も指名されている。さらに『懐風藻《くわいふうさう》』には紀麻呂・紀古麻呂・紀末茂《きのすゑしげ》・紀男人の詩が収載されている。紀氏及び同族、或いは

関係者には学者文人が多く見られる。(8) また、紀女郎と安貴王との間の子と推測される市原王は、天平十一年(七三九)に写経舎人、それ以降、金光明寺(東大寺)の写経司《しやきやうし》に出仕し、写経司長官も勤めたことが『正倉院文書』から知られる。また、備中守、玄蕃頭《げんばのかみ》などを歴任し、天平宝字七年(七六三)には、造東大寺長官に任じられている。こうした背景をもつ紀女郎は漢籍や仏典に関心のある教養人としての面を備えていたと思われる。

三 贈答歌の表現——諧謔と漢籍と——

大伴家持と紀女郎との贈答歌は、その作歌年代が恭仁京以前と恭仁京時代とにほぼ区分される。恭仁京以前の作品は紀女郎から家持に贈り、家持が和した二歌群(巻四・七六二、七六三と七六四、巻八・一四六〇、一四六一と一四六二、一四六三)と家持が紀女郎に贈った一首(巻八・一五一〇)であるが、これらの前後関係は未詳。恭仁京時代の作品は家持が贈った紀女郎への報贈歌一首(巻四・七六九)と家持・紀女郎・家持の順で贈答された歌群(巻四・七七五、七七六、七七七〜七八一)とである。これらの作品の中に諧謔的要素や漢籍の影響が見えることは既に指摘されている。まず、恭仁京以前の作品から、いくつかを検討しておきたい。

紀女郎、大伴宿禰家持に贈る歌二首 [女郎、名を小鹿といふ]

神《かむ》さぶと否《いな》にはあらずはたやはたかくして後にさぶしけむかも　（巻四・七六二）
玉の緒を沫緒《あわを》に搓りて結べらばありて後にも逢はざらめやも　（巻四・七六三）

大伴宿禰家持が和ふる歌一首
百歳《ももとせ》に老《お》い舌《した》出でてよよむとも我《あれ》はいとはじ恋は増すとも　（巻四・七六四）

七六二番歌の「神さぶ」は神らしく振る舞う意で、ここは老齢になって悟りきった境地を指す。そうした境地による恋情の否定をさらに否定することで、家持への恋心をほのめかせながら、逢瀬後への不安を詠んでいる。「はたやはた」はひょっとしての意。七六三番歌の「沫緒に搓りて結べらば」は「緩く縒って結んだならば」の意で、後に逢えることを示唆する。「沫緒に搓りて」については後述する。前歌の「後に」は二人の関係のあり方から不安を予測するが、「後にも」では二人の関係の実態として捉えなおしている。しかし、家持の返歌はそうした紀女郎歌の心情に細やかに対応してはいないようである。「老い舌」の用例は集中には見えず、『匠材集《しょうざいしゅう》』（三）に「おひ舌出て　老は歯皆落也。物いへば舌出る也」とある。また、「よよむ」は『類聚名義抄』（観智院本）が「斜」字に「カタフク　ナ、メナリ　ヨ、ミ」の訓を与えている。口元の締まらない身体的な老いの姿を印象づける語句である。こうした老いのあり方については、憶良作「世間の住み難《かた》きことを哀しぶる歌」に「手束杖《たつかづゑ》　腰にたがねて　か行けば　人に厭《いと》はえ　かく行けば　人に憎まえ　老《お》よし男《を》は　かくのみならし」（巻五・八〇四）と既に見え、老いを厭わしく人々から嫌われる存在としている。「老い舌出でてよよむ」という具体的な描写はまさにそうした老いへの戯笑である。紀女郎にとって好もしい女性像の描写ではなかったであろう。にもかかわらず、あえてこうした老いの身体性を表現したのは、紀女郎歌の「神さぶ」が示す老いの精神性の表現に対抗したのであろうか。家持はその身体性を越える恋情の表明によって七六四番歌を諧謔的な作品へと仕立てている。

家持は次の「痩《や》せたる人を笑ふ歌二首」で戯笑を詠んでいる。

石麻呂《いしまろ》に我《われ》物申す夏痩《や》せに良しといふものそ鰻《むなぎ》捕り喫《め》せ［「売世」の反なり］　（巻十六・三八五三）

痩す痩すも生けらばあらむをはたやはた鰻を取ると川に流るな　（巻十六・三八五四）

右、吉田連老《よしだのむらじおゆ》といふものあり、字を石麻呂といふ。所謂仁敬《じんけい》の子なり。その老人となりて、身体甚《いた》く痩せたり。多く喫《くら》ひ飲めども、形飢饉《ききん》に似たり。これに因りて、大伴宿禰家持、聊《いささ》かにこの歌を作りて、以て戯笑《ぎせう》を為す。

第一首は夏痩せに鰻を勧め、第二首は石麻呂の痩せた身体性について、その生のための鰻捕りの行為と、その行為が死を招きかねない身体性とを「はたやはた」で結んで戯笑する。七六二番歌と三八五四番歌との先後関係は不明だが、「はたやはた」は集中に当該の二例のみである。七六二番歌の老齢の悟りの境地の否定と逢瀬後の不安という関係は「はたやはた」によって深刻さを薄められており、そこに七六四番歌の戯笑を誘い出す要素があったとも考えられる。家持は戯笑を受け入れる紀女郎との歌の贈答に妙味を感じたであろう。

家持と紀女郎との間にこうした贈答歌が成立する背景に、紀女郎を年長とする二人の年齢差が推測されている。作品の配列順などから、天平十六年に家持二十七歳、紀女郎の推定年齢を四十六歳とする説(9)、子の市原王の年齢の推定から養老二年の伊勢従駕の折りの安貴王の年齢を推定二十六歳とする説(10)などがある。養老二年は家持誕生と推測される年である。二人の間にかなりな年齢差があったことはまず疑いない。そこに戯笑を許す余地があったのであろう。

次の作品では家持を「戯奴」、紀女郎を「君」と呼ぶ関係に諧謔性が指摘されている。

紀女郎が大伴宿禰家持に贈る歌二首

戯奴《わけ》(変《かへ》して「わけ」と云ふ)がため我《あ》が手もすまに春の野に抜ける茅花《つばな》そ召して肥えませ(巻八・一四六〇)

昼は咲き夜は恋ひ寝《ぬ》る合歓木《ねぶ》の花君のみ見めや戯奴さへに見よ(巻八・一四六一)

右、合歓の花と茅花とを折り攀《よ》ぢて贈る。

大伴家持が贈り和《こた》ふる歌二首

我《あ》が君に戯奴は恋ふらし賜《たば》りたる茅花を食《は》めどいや痩せに痩す(巻八・一四六二)

我妹子が形見の合歓木は花のみに咲きてけだしく実にならじかも　（巻八・一四六三）

一般に「君」は女性から男性に対して使う語であり、「わけ」は若輩を揶揄して云う語である。二人が共に紀女郎を「君」、家持を「戯奴」と呼ぶ関係には二人の年齢差という現実的な側面だけでなく、これらの語句に託された諧謔性という表現上の側面が捉えられる。特に「わけ」を「戯奴」と表記する点について、井手至氏は「戯」と「遊」とが、男女間の恋愛、遊戯に関して用いられる類義語であることを指摘したうえで、この贈答歌群に大伴田主と石川女郎の相聞的贈答歌群（巻二・一二六～一二八）との共通性があることを示唆された[11]。紀女郎に漢語への理解が深かったことを窺わせる点でもある。

「わけ」は大伴旅人が大宰帥であった時の歌群中に「我《あ》が君はわけをば死ねと思へかも逢ふ夜逢はぬ夜二《ふた》走るらむ」（巻四・五五二　大伴三依）と見え、相手の女性に翻弄される状況を多少自虐を込めて詠んでいる。推測の域を出るものではないが、五五二番歌が女性を対象にしていることは、家持が先に「戯奴」を含む歌を紀女郎に贈った可能性を考えさせる。茅花は、イネ科の多年草のチガヤの若い花穂のことで、そのつぼみを食用にするが、「肥ゆ」に繋がるような食べ物ではない。その茅花の特性と「肥ゆ」とのずれにもかかわらず「茅花そ召して肥えませ」と詠み、贈り物の受け取りを強要するかのような命令口調は、「合歓の花…わけさへに見よ」にも共通していて、諧謔性を髣髴とさせるが、茅花や合歓と共にそうした表現の歌を贈ったきっかけが不明故である。

高岡市万葉歴史館データベースより（合歓）

茅花は漢籍では「荑《てい》」にあたり、『毛詩』に「静女《せいじょ》其れ姝《しゅ》たり。我を城隅《じやうぐう》に俟《ま》たしむ。愛すれども見えず。首《かうべ》を掻きて踟躕《ちちゅ》す。…牧《まき》より荑を帰《おく》る。洵《まこと》に美にして且つ異《い》なり。女《なんぢ》の美為《た》るに匪《あら》ず。美人の貽《おく》りものなり」（邶風《はいふう》静女《せいじょ》）と見える。静女はゆかしい女の意。「姝」は容貌の美しさをさす。城壁の片隅で待つ男のもとに現れなかった女が、野から「荑」を贈って来る。「洵美」は「荑」の白い美しさを意味し、「荑」にまさる静女の美を愛でるという内容である。一度は振った男に野で摘んだ「荑」を贈るのは、「荑」に謝罪が託されていることを意味する。[12] また「手は柔荑《じゅうてい》の如く、膚《はだ》は凝脂《ぎようし》の如く」（碩人《せきじん》　衛風《ゑいふう》）ともある。「碩人」は麗しい人の意。「荑」は女性の手の白く柔らかな様子の直喩としてである。「我が手もすまに」と「茅花」を摘んだと詠むことには、『毛詩』の「荑」が重なる。(13) 紀女郎歌に謝罪の意は直接表現されていないが、「荑」を踏まえると、単なる贈り物とは捉えにくい。これは第二首の「合歓木の花」が、「合歓《がふくわん》は忿《いかり》を蠲《のぞ》き、萱草《けんさう》は憂《うれ》ひを忘れしむるは、愚智《ぐち》の共に知るところなり」（嵆康《けいこう》「養生論」『文選』第五三巻）を想起させる、怒気を除くとされる花である点とも関係しよう。(14)「合歓」については花の季節のずれが指摘されているが、むしろ「合歓」という漢字が示す相手への誘いの意と共にこの漢籍の知識が歌の背後にあることが重視される。紀女郎歌は漢籍の知識を踏まえつつ、諧謔性に富んだ巧みな作と言える。

家持の贈和歌は、紀女郎歌の諧謔性を「戯奴は恋ふらし」と受けて、それ故に逆の結果「茅花を食めどいや痩せに痩す」で応じている。さらに「花のみに咲きてけだしく実にならじかも」と相手からの思いは実らない一時的なものという寓意を内在させている。しかし、この贈和歌には「我が手もすまに」とある作業への関心はない。「昼は咲き夜は恋ひ寝る」という特質への観察を踏まえた「合歓木の花」を「見よ」という要求への応えも部分的かと見える。家持歌は、漢籍を踏まえた紀女郎歌の発想に深く対応するものではなく、むしろ諧謔的表現で和することに意識的と見え、微妙なずれを感じさせる。

四 紀女郎の表現方法――物と作業と――

紀女郎と家持との贈答歌には述べてきたように漢籍の受容や諧謔性が把握されるが、紀女郎歌にはさらに前述の「沫緒に縒りて」「我が手もすまに」、また「苗代水の中淀」（巻四・七七六）といった作業の内容や状況を具体的に表現する語句が見える。その内容を検討しておきたい。

1 沫緒に縒りて

七六三番歌の「沫緒に縒りて」の「沫緒」は難解な語とされるが、文脈上、「沫緒」を受けるのは「縒りて」であり、縒り方からくる一種の名（『代匠記』）と解するのが穏当であろう。縒り方については、「沫の如く消えやすきかひなきをにも」（『童蒙抄』）と弱くあっても続くとする解釈と、「片緒に対して合せた縒り緒をいひ、片緒の弱いに対して強いことの例」（『私注』）とする対照的な解釈がある。また「縒の戻り易い処から沫緒と呼んだ」（金子『評釈』）とも「糸を緩く縒り合せた緒をいう。伸縮の融通性をもつものとして持ち出されたか」（『新潮古典集成』）とも解される。

糸は、繊維を何本か右縒り（S撚り）または左縒り（Z撚り）の一方向に縒り合わせて糸にする。その糸をさらに複数、縒り合わせて使うこともある。正倉院の縫い物は総て二本の糸をZ撚りに縒り合わせた双子糸であるという。[15] 縫い物を端正に仕上げるためには、縒りが堅く常に一定であることが必要である。集中には「絶えにし紐」（巻四・五一五）に対して「我《あ》が持てる三つ合ひに搓れる糸もちて付けてましもの」（巻四・五一六）とあり、縒りの異なる糸の製品が、複数種類あったと考えられる。その一方で「片搓りに糸をそ我《あ》が搓る我《わ》が背子が花橘を貫かむと思ひて」（巻十・一九八七）とあり、一方向に縒った糸を自作してもいる。片縒りの語から「玉の緒を片緒に搓りて緒を弱み」（巻十二・三〇八二）の「片緒」は、片縒りに縒った糸の意と解される。「沫緒」も沫縒りに縒った糸の意と解するのが妥当ではないだろうか。

従来、「沫緒」の意味を探るために類似の語句として沫雪との関係が問われてきた。[16] 宮川久美氏は、大伴田村大嬢が、妹の坂上大嬢に与えた歌に「沫雪の消ぬべきものを今までに流らへぬるは妹に逢はむとそ」（巻八・一六六二）とあることに注目し、「沫雪は『消ぬべきもの』でありながら『ながらへぬる』もの」と把握し、「沫緒」についても「沫のように消えやすくはかないものでありながら、その限りにおいて千尋にもがと願われもし長く続きもする、そのような緒という意味」とされる。この理解は七六三番歌一首全体に対する理解としては魅力的である。ただし、「片緒」と同様、「沫緒に縒りて」は第一義的には糸という物としての把握がある。「玉の緒」に対する比喩的用法ではあるとしても、緒が消えるという把握自体に無理はないのだろうか。集中の沫雪に対して、「消ぬべきものを」のように「消ゆ」要素を詠むのは一六六二番歌に限られ、他は雪の降る様や梅の花の見立てとして詠まれている。家持歌（巻八・一六六三）も同様である。沫雪は、記歌謡には「沫雪（阿和由岐）の　若やる胸を　栲綱の　白き腕《ただむき》」（記五）と見え、若々しい柔らかい胸を想起させている。また『古事記』上巻には「（素戔嗚尊を迎えた天照大御神が）堅庭《かたには》は、向股《むかもも》に踏みなづみ、沫雪の如く蹶《く》ゑ散して」と見え、堅い土とは対照的な柔らかい物として沫雪を捉えている。沫雪は本来的には柔らかさに繋がる語である。「沫緒」はむしろ「柔らかく縒った糸」を意味していると考えられる。

　生活の中で自分で糸を縒る必要性もさまざまにあったに違いないが、柔らかに糸を縒る作業を体系的に求められるものに日本刺繍がある。服飾用ばかりでなく、古くは「天寿国曼荼羅繍帳」以来、「繍仏」「繍帳」と呼ぶ刺繍が奈良時代にも盛んに行われた。『東大寺要録』からは、天平勝宝四年（七五二）四月九日の大仏開眼会に繍観自在菩薩像二鋪が大仏殿を荘厳したことが知られる。日本刺繍の糸は一菅《ひとすが》（繭糸を合わせて片撚にし、巻き取った糸状のもの）から始まり、それを複数合わせた太さは無限で、手で縒りをかけて使われる。(17) 絹糸の光沢は縒りの強弱によって光の反射が加減される。例えば正倉院蔵「花樹孔雀文様刺繍裂」（幡に使われたか）は縒りの少ない糸で、平繍いで図様を表した好例とされ、

「花樹孔雀文様刺繍裂」『日本の美術　刺繍』より転載。

その繍いは「情趣的感覚に富む」という。[18] 紀女郎が「繍仏」などの刺繍の作業に実際に従事していたかどうかは不明である。ただし、紀女郎の子の市原王が写経生に始まって東大寺に深く関わっていたという環境を考えるとき、そうした作業を身近に理解していたであろうことは推察できる。「沫緒に縒りて結べらば」は紀女郎の視線が日常の、或いは周囲の作業に細やかに注がれていたことを考えさせ、「緩く縒り合せた緒」(『新潮日本古典集成』)とする理解が妥当と思われる。

2　我が手もすまに

一四六〇番歌の「我が手もすまに」は、「手もひまなくといふ心なり」(『代匠記』初稿本)とも、「ニは打ち消しの助動詞で住まにで、落ちつかずの意であるかもしれない」(『全註釈』)ともされる。茅花は食用にされるが、さほどおなかの足しになるものではない。それ故にせっせとたくさん抜いて贈ったという理解であろう。一方、井手至氏は「統ぶ(すむ)」であり、両手の指を一つに合わせ締め、すぼめるようにしての意」を表わし、「両手でしっかりと握り持つような形にすること」[19]と推測され、摘み方を指すとする。

「手もすまに」は集中にもう一例、「或者の尼に贈る歌」に次のように見える。

手もすまに植ゑし萩にやかへりては見れども飽かず心尽くさむ　(巻八・一六三三)

或者は未詳。一六三三番歌の萩は若い娘を指し、「人の娘などを育てて、尼にした男の作」(『全釈』)「尼の出家前にもうけた娘」(『古典文学全集』)などといった寓意があるとされる。その萩に「心つくさむ」とある。「手もすまに」はたくさんの萩を対象とする量的なものではなく、大切に植えた意であろう。「すまに」について井手氏の説は説得力を持つ。

紀女郎は他にも「包める物を友に贈る歌」で類似の作業を詠んでいる。

風高く辺《へ》には吹けども妹がため袖さへ濡れて刈れる玉藻そ　(巻四・七八二)

「袖さへ濡れて」は「袖までも濡らして」の意で、「そのことが動作主の無意識のうちに行なわれたように言った」(『全注』)表現。「風高」は、漢籍の受容が言われる語句(20)で、風が高い空から海辺に吹き下ろしている中で、袖が濡れるのにも気づかずに熱中して刈ったの意味である。作業の量的な面以上に、それを贈ることへの熱意を表現しており、その意図は一四六〇番歌と共通する。こうした他者のための作業は男女ともに詠まれるが、いずれもその行為の難儀さを伝えるものである。

a君がため浮沼《うきぬ》の池の菱摘むと我が染めし袖濡れにけるかも　(巻七・一二四九)
b妹がため菅《すが》の実摘みに行きし我山道《やまぢ》に迷ひこの日暮らしつ　(巻七・一二五〇)

c沖辺行き辺に行き今や妹がため我が漁《すなど》れる藻伏し束鮒《つかふな》　（巻四・六二五）

d君がため山田の沢にゑぐ摘むと雪消の水に裳の裾濡れぬ　（巻十・一八三九）

ａｂは人麻呂歌集の例。袖や裳の裾を濡らし、山路に迷い、海辺を行き来するという描写は、休みない作業とは様子が異なる。作品が意図しているのは他者のために労苦を厭わなかった実態の描写であろう。紀女郎は茅花の入手方法を示す「我が手もすまに」で、我が手をすぼめて丁寧に摘み取った意を表し、そこに家持に対する心情を託したと考えられる。

3　苗代水の中淀

家持は、長らく音信のなかった大嬢との相聞往来が復活した天平十一年（七三九）秋以降においても紀女郎とは歌を交わし合っている。次は恭仁京での作と考えられている。

大伴宿禰家持、紀女郎に贈る歌一首

鶉鳴く古りにし郷《さと》ゆ思へどもなにそも妹に逢ふよしもなき　（巻四・七七五）

紀女郎、家持に報へ贈る歌一首

言出《こちで》しは誰《た》が言なるか小山田の苗代水の中淀にして　（巻四・七七六）

七七五番歌が旧都奈良に居た時以来の長い歳月を示して思いの深さを伝え、現在の逢う方法のない嘆きを訴えるのに対して、七七六番歌は言い出した家持の訪問が途絶えていることを詰問する口調をもつ。二首の駆け引きについては上野誠氏の詳細な検討に譲りたい。(21) 注目されるのは、紀女郎歌が他に見えない「苗代水の中淀」を詠む点である。水の停滞を示す「淀」は人麻呂作「（流るる）水の淀にかあらまし」（巻二・一九七・一九六歌）を始め、「河淀の淀まむ心」（巻十二・三〇一九）のように滞る景色として把握され、比喩的に使われてもいる。また、その多くは真野の浦の淀の継ぎ橋（巻四・四九〇）、七瀬の淀（巻五、八六〇、巻七・一三六六）、み吉野の大川淀（巻七・一一〇三）、吉野川六田の淀（巻七・一一〇五）のように或る地名と共にあって、その地域の特色ある景色として捉えられている。稲の苗を育てるために、苗代では水が途絶えないことが条件であるが、中淀は山から引いた湧水が途中で止まっていることを意味する。上野氏は、山田の苗代作りについての聞き書き調査を踏まえて、山の冷たい水を温めるために、山の苗床に入る水の水路は長く、中淀になりやすいことを確認され、その知識が二人に共有されていたことを指摘される。ただし、それは名のある淀とは異なり、歌の表現として成立させるには、小山田の状況への注意深いまなざしが必要であったろう。紀女郎は訪れの途絶えを、小山田の苗代を営むといった生活の実態への観察から導き出しているのである。

家持との贈答における紀女郎歌には、相聞的な情感の表現だけで無く、「沫緒に縒りて」「我が手もすまに」「苗代水の中淀にして」といった生活の実態に根ざした作業や状況の細部に対する具体的な表現が取り込まれていた。そこには生活に対する丁寧な観察が窺える。しかし、検討してきた贈答歌において家持は紀女郎歌におけるそうした表現に必ずしも的確に対応していない。むしろ諧謔的な要素への志向が表面に出ているように思われる。

五 家持の表現の展開

大伴宿禰家持が更に紀女郎に贈る歌五首

我妹子がやどのまがきを見に行かばけだし門《かど》より帰してむかも　（巻四・七七七）

うつたへにまがきの姿見まく欲り行かむと言へや君を見にこそ　（巻四・七七八）

板葺《いたぶき》の黒木《くろぎ》の屋根は山近し明日の日取りて持ちて参ゐ来む　（巻四・七七九）

黒木取り草も刈りつつ仕へめどいそしきわけと褒めむともあらず（一に云ふ「仕ふとも」）　（巻四・七八〇）

ぬばたまの昨夜《きぞ》は帰しつ今夜《こよひ》さへ我《あれ》を帰すな道の長手《ながて》を　（巻四・七八一）

前述の「苗代水の中淀」を詠んだ作品に続く歌群である。恭仁京時代の作。第四首までは逢うことに対する紀女郎の拒否を慮りながら、紀女郎の新居(22)への関心を表に出して、紀女郎への対応をさまざまに思い巡らせ、第五首では「昨夜は帰しつ」と結果的に拒否された事情を詠み、「今夜さへ」の懇願で閉じている。そこには本心とは異なる「籬」への関心や「仕へめど…褒めむともあらず」と報われない思いを抱く自身を「わけ」と卑下することなどで諧謔性が生じている。注目されるのはその表現に紀女郎の新居に関わる具体的な行為や作業が詠み込まれている点である。

「まがき」は原文に「籬」「前垣」とある。『和名類聚抄』（元和本）に「釈名云、籬、音離、字亦作レ穹、和名末加岐、一云末世。以レ柴作レ之、言踈離也。説文云栫、七見反、和名加久布。以レ柴壅レ之」とあり、「ませ」のこととされる。柴による垣根であることが理解される。「前垣」は当て字であろう。「まがき」は家の敷地を外部から区切る物としての意味があるが、新居においてそれを見るとは、新居がほぼ完成していることを意味する。家を建ててから垣根を作るのが順序であろうから。七七八番歌には「まがきの姿」とある。「姿」は本来人などの「身体全体についていう」（『時代別国語大辞典』）とされる語。「まがきの姿見まく欲り行かむ」は「まがき」の完成具合を見に行くという意である。それに事寄せて「君を見にこそ」と逢う事への期待感のあることを詠む。が「門より帰してむかも」は籬が完成し、出入り口が門のみであることを意味してる。にもかかわらず「板葺きの黒木の屋根」の調達は、完成間近に不測の事態が起きたことを推測させる。「山近し」はその事態に急ぎの対応が可能なことを具体的に表現したのであろう。黒木は「正倉院文書」に見え、例えば「作板葺黒木屋三宇」（天平宝字六年三月三十日付山作所作物雑工散役帳）とある。「黒木とは皮むかざる丸木、赤木とは削り立る木なり」（小栗百万『屠《と》龍工《りようこう》随筆』）とされる。皮をむかない黒木は、建築資材としては上等なものではなかったであろう。

太上天皇の御製歌一首

はだすき尾花逆葺《おばなさかふ》き黒木もち造れる室《むろ》は万代までに　（巻八・一六三七）

天皇の御製歌一首

あをによし奈良の山なる黒木もち造れる室は座《ま》せど飽かぬかも　（巻八・一六三八）

右、聞くならく、左大臣長屋王《ながやのおほきみ》の佐保の宅《いへ》にいまして肆宴したまふときの御製なりと。

右は長屋王が太上（元正）天皇及び聖武天皇の行幸を仰いだ際に「殊更に野趣に満ちた殿舎を造り営んだもの」（『新編全集』）と推測されている。家持は「黒木取り」と「草も刈りつつ」を並べて等価の仕事としており、黒木が上等の建築資材であったとは考えにくい。かつ「わけ」というへりくだった自称と共に紀女郎への奉仕を「仕ふ」と詠んでいる。「仕ふ」は集中では「依りて仕ふる　神の御代《みよ》かも」（巻一・三八）「わご大君の　恐《かしこ》きや　御陵《みはか》仕ふる」（巻二・一五五）「遠長く仕へむものと思へりし君しまさねば」（巻三・四五七）「その名をば　大久米主と　負ひ持ちて　仕へし官《つかさ》」（巻十八・四〇九四）のように、神・天皇・主人或いは官職を対象にしており、その用法は「当の働き手である卑者を能動者とする表現である」（『時代別国語大辞典』）とされる。本来男女関係の中で使われる語ではなく、ここにも家持の諧謔性が窺える。七八〇番歌において「黒木取り草も刈りつつ」は仮定として詠まれているが、しかし恭仁京以前の家持作品には珍しく労働を詠んでいる。恭仁京の造営については「今造る久邇の都」（巻六・一〇三七、巻八・一六三一）と見え、恭仁京造営を目の当たりにする家持の関心の高さが知られるが、実際の工事や作業を詠むことは無い。紀女郎の新居への訪れ故に、その新居を整えるための労働・作業に関心を寄せているかのようである。もちろん、紀女郎の関心を引くためであったろう。しかし、それは紀女郎がそうした表現をよしとしたことにも因るのではないか。紀女郎歌に見られた作業や、労働に繋がる状況への細やかな表現の影響を考えさせる。

越中国に赴任して、二年が過ぎようとする頃の家持が出挙のための管内巡行において、「属目」による越中国の景として、自然と一体化した人々の労働の様に思いを寄せているのは越中国守としての自覚に基づくと推察される。越中巡行において家持に求められたのは、越中国の自然は言うまでもないが、その土地柄であり、その土地での人々の生活であり、それらを国守として「属目」をすることであったろう。それを歌として表現する方法の根底に、紀女郎との贈答歌の存在を考えることができるのではないだろうか。紀女郎歌における生活の実態に根ざした作業や状況に対する細やかな観察と表現は家持のそれを次第に刺激したことであろう。越中国赴任以前における紀女郎との贈答歌には、漢籍への興味や諧謔性に紀女郎の教養の深さが窺われるが、それだけでなく紀女郎の生活の実態への細やかな観察と表現とは、家持にもそうした要素を育ませた可能性を考えさせるものである。

注1　『延喜式』（巻第二四　主計上）による。なお上りは十七日とある。
2　山崎馨氏「紀女郎小鹿考」『五味智英先生古稀記念上代文学論叢・論集上代文学　第八冊』（笠間書院
昭和五二年）、大森亮尚氏「志貴皇子子孫の年譜考――市原王から安貴王へ――」（『萬葉』第百二十一号
昭和六〇年三月）
3　『万葉集私注』『全訳注原文付万葉集』『新潮日本古典集成　万葉集』など
4　注2大森亮尚氏前掲論文
5　「亡妾を悲傷する歌」『大伴家持作品論攷』塙書房　昭和六〇年　初出昭和四九年
6　岸俊男氏「紀氏に関する一試考」『日本古代政治史研究』塙書房　昭和四一年
7　「紀女郎の歌――大伴家持との贈答歌をめぐって――」『北海学園大学　人文論集』第四七号　平成二二
年一一月
8　高島正人氏「奈良時代の紀朝臣氏」『奈良時代諸氏族の研究――議政官補任氏族――』（吉川弘文館　昭
和五八年）参照。
9　津之地直一氏「紀女郎の歌について」『愛知大学国文学』第一四号　昭和四八年一二月
10　注2大森亮尚氏前掲論文
11　井手至氏「紀女郎の諧謔的技巧――「戯奴」をめぐって――」『萬葉』第四〇号　昭和三六年七月
12　芳賀紀雄氏「毛詩と万葉集」『万葉集における中国文学の受容』塙書房　平成一五年　初出昭和五九年一
〇月
13　注12前掲書。山本由紀子氏「大伴家持の贈答歌――「戯奴歌群」の考察を中心として」『日本文学論究』
第六一冊　平成一四年三月

14 小島憲之氏「遊仙窟の投げた影」『上代日本文学と中国文学　中』塙書房　昭和三九年

15 『完訳日本の古典　万葉集』巻十・一九八七番歌脚注による

16 堀勝博氏「『沫雪』と『沫緒』――動詞『アフ』の考察」（『ことばとことのは』第六集平成一年一二月）、宮川久美氏「沫雪と沫緒――万葉集七六三番歌をめぐって――」（『ことばとことのは』第一〇集平成五年一二月）

17 小椋順子氏『日本の古刺繍』源流社　平成五年

18 森田公夫氏編『日本の美術　第五九号　刺繍』（至文堂　昭和四六年四月）。また、奈良国立博物館監修『刺仏』（角川書店　昭和三九年）参照。

19 井手至氏「我が手もすまに」『女子大国文』第百十四号　平成五年一二月

20 小島憲之氏『古今集以前』塙選書81　昭和五一年、宮地敦子氏『身心語彙の史的研究』明治書院　昭和五四年

21 「小山田の苗代水の中淀にして（『万葉集』巻四の七七六）――紀女郎の意趣返し――」『森永道夫先生古稀記念論集　芸能と信仰の民族芸術』和泉書院　平成一五年

22 佐藤隆氏は二人の関係を疑似相聞の世界と捉え、紀女郎は恭仁京当時、奈良に居たとされる（「家持の疑似相聞世界」『大伴家持作品研究』おうふう　平成一二年　初出平成七年三月）。傾聴すべき説と考えるが、今回は表現性の検討を中心とした。

※『万葉集』の出典は『新編日本古典文学全集　万葉集』小学館による。

大伴家持と坂上大嬢、夫婦愛の軌跡

――『万葉集』巻八相聞長歌を中心に――

田中夏陽子

一　はじめに――「いろごのみ」の家持像への違和感――

大伴家持の歌は、『万葉集』の全歌四五三六首のうち四七三首を占め、万葉歌人中第一位であることはよく知られている。『万葉集』に記されている家持にかかわる恋歌は他の万葉歌人を凌駕しており、家持が女性に贈った恋歌、女性から贈られた恋歌、亡くなった妾《おみなめ》の挽歌をあわせると一六〇首にものぼる。(1)名の見られる女性の数も十五名を越えており、

さまざまな女性と応酬した歌々は、「いろごのみ」の自己記録という意味で興味深い。

（新編日本古典文学全集『万葉集』一巻・二六六頁巻第四概説・平成六年）

と、大伴家持は「恋多き男」「モテる男」として広く認知されている。しかしながら、桜井満氏が、

万葉の時代に、家持だけが特に多くの女性と恋の歌を贈答し、恋情を唱和し、女性遍歴を重ねたわけでなく、家持が『万葉集』の編纂に関与していることを物語るものである。

（桜井満「家持をめぐる女性たち」『万葉集講座』第六巻・有精堂・昭和四十七年）

と述べられたように、大伴家持は、日本古代の一夫多妻制の社会情勢の中で、支配階級である名門貴族大伴氏の嫡子《ちゃくし》として生きた人物である。

笠女郎《かさのいらつめ》・紀女郎《きのいらつめ》・平群女郎《へぐりのいらつめ》らが家持に贈った恋歌は、成就しないが故にその熱情や理知が我々に美しく響く。しかし、振り返ってみると、二〇〇〇年以降の「結ばれない関係」を延々と描く恋愛ドラマが量産される純愛ブームのなかで、万葉歌からは一方的に恋愛関係を終わらせたようにみえるプレイボーイ的な家持像も増幅したように感じられる。

『万葉集』のなかの大伴家持は、『源氏物語』の光源氏のように華麗な女性関係に彩られて見えることは否定しない。

しかし、藤原氏の台頭によって低迷する大伴家の絆を強化するためであろう、家持は正妻に従姉妹《いとこ》である坂上大嬢《さかのうえのおおいらつめ》を選んでいるのである。

当然のことながら家持は、一過性の関係で終わる華やかな歌を詠んだ恋人たちよりも、大伴家持のために正妻である坂上大嬢との関係を重視していたはずである。だが、恋人たちの歌才あふれる悲恋歌のイメージが大きく、家持と坂上大嬢の相聞歌の方が歌数的に多いにもかかわらず印象がうすい。

そこで先行歌の模倣と見なされ評価が低い坂上大嬢へ贈った相聞長歌について、正妻に対する配意という視点に立ちながら見ていきたい。

二　二人の恋のはじまりから越中赴任前まで

——逢えない生活——

その前に二人の関係を概説しておく。

大伴家持の従姉妹で正妻となった坂上大嬢は、大伴宿奈麻呂《すくなまろ》と坂上郎女《さかのうえのいらつめ》との間に生まれた娘で、母

大伴家持関係系図

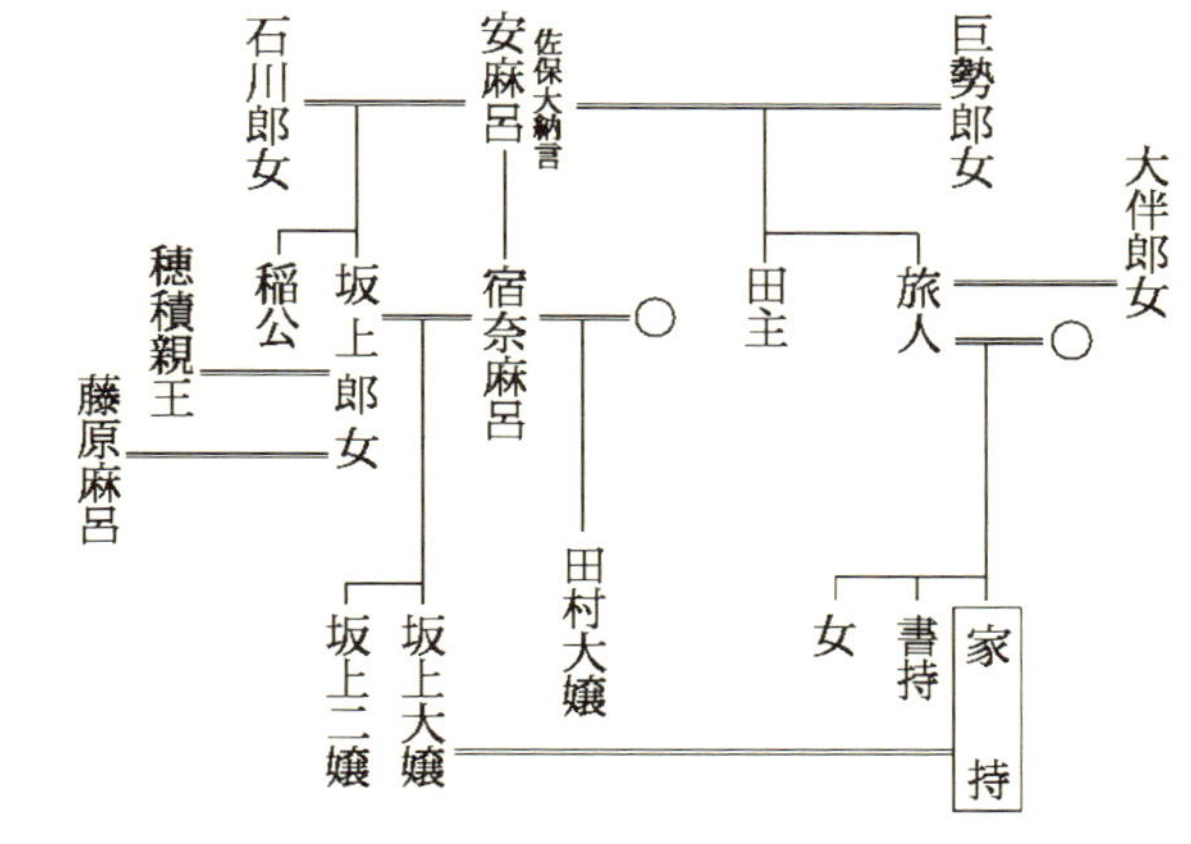

のいる坂上の里（現在の奈良市法蓮町北町辺り）(2)で育ったとされる。宿奈麻呂は、佐保大納言と呼ばれた大伴安麻呂の子で、坂上郎女の異母兄でもある。

二人の関係に言及しているまとまった論としては、小野寛氏「坂上大嬢と家持」（『大伴家持研究』笠間書院・昭和五十五年、初出昭和五十二年）、小野寺静子氏『坂上郎女と家持』（翰林書院・平成十四年）ならびに『家持と恋歌』（塙選書・平成二十五年）、鈴木武晴氏「坂上大嬢との恋の歌」（『セミナー万葉の歌人と作品』第八巻・和泉書院・平成十四年）、橋本達雄氏「大伴坂上大嬢の歌」（『セミナー万葉の歌人と作品』第十巻・和泉書院・平成十七年）などが詳しい。

小野寛編集『万葉集をつくった大伴家持大事典』（笠間書院・平成二十二年）をもとに、二人の歌の贈答を中心に家持の越中赴任前まで整理すると、次の年表のようになる。

大伴家持と坂上大嬢に関する略年表（大伴家持越中赴任まで）

元号	西暦	年齢	事項
養老二	718	1	大伴家持誕生
養老四	720	3	父旅人、隼人の反乱を討伐
神亀四	727	10	父旅人、大宰帥に任じられ下向
天平二	730	13	6月、父旅人、脚に瘡ができて重症。家持、この時に叔母坂上郎女と共に下向したか（巻四・五六七左注） 12月、父旅人帰京
三	731	14	7月、父旅人薨去
五	733	16	**【恋のはじまり】** 坂上大嬢に贈った「なでしこ」の歌（巻八春相聞冒頭一四四八） 巻三・四〇三、四〇八の贈歌もこの頃か 坂上大嬢（坂上郎女の代作か）からの返歌はこの頃か（巻四・五八一～四）
六	734	17	無位の内舎人として出仕か **【この頃から多くの女性と相聞歌を交わし始め、坂上大嬢と離絶】**
十一	739	22	**【愛妾の死】** 7月まで愛妾の挽歌を詠む（巻三挽歌四六二、四六四～四七四） **【坂上大嬢と交際が復活、結婚】**

			8月、竹田庄にいる坂上郎女の招きに応じる（巻八・一六一九、二〇） 9月、坂上大嬢、稲かずら・下衣を家持に贈る（巻八・一六二四～六） ※この頃から翌年の伊勢行幸供奉前までの間 離絶数年後に復会して相聞往来した歌二十九首（巻四・七二七～七五五）
十二	740	23	**【通い婚の新婚生活】** 初夏、橘の花を長歌と共に坂上大嬢に贈る（巻八・一五〇七～九） 6月、季節外れの藤の花と萩の黄葉を坂上大嬢に歌と共に贈答する （巻八・一六二七、八） 初秋、容花の長歌を坂上大嬢に贈る（巻八・一六二九、三〇） **【長期出張となる伊勢行幸供奉】** 10月、家持、藤原広嗣の乱が契機となった伊勢行幸に内舎人として供奉 11～12月、伊勢・美濃国の行宮で歌を詠む （巻六・一〇二九、一〇三二、一〇三三、一〇三五・一〇三六） 12月、聖武天皇、恭仁京に入り新都とする
十三 十四 十五	741 742 743	24 25 26	**【新都久邇京での単身赴任生活】** ※天平十三年～十五年の間に久邇京から坂上大嬢に贈った歌 巻四相聞七六五・七六七・七六八・七七〇～七七四 巻八春相聞一四六四　巻八秋相聞一六三二 ※沫雪の夜に独り寝を嘆く歌はこの頃か（巻八冬相聞一六六三）
十六	744	27	2月、安積皇子挽歌を詠む（巻三・四七五～八〇）難波宮が皇都となる

			4月、独り平城の旧宅で歌を詠む（巻十七・三九一六～二一） ※この年、内舎人の任期満了か
十七	745	28	1月、従五位下に昇進（無官） 5月、平城京に還都
十八	746	29	3月、宮内小輔に任官 6月、越中守に任官

※家持の年齢は養老二年誕生説で算出した。(3)
※坂上大嬢は家持より数歳年下で、養老四～七年（七二〇～七二三）頃に生まれたと考えられている。(4)

恋のはじまり

『万葉集』にみられる家持が坂上大嬢に贈った最初の歌は、父大伴旅人《おおとものたびと》薨去後の喪があけた天平五年（七三三）の春頃、十六歳の家持が十歳前後の幼い坂上大嬢《さかのうえのおおいらつめ》に贈ったなでしこの歌（巻三・四〇八、巻八・一四四八）とされる。これらの歌には年代が記されていないが、歌の配列から二人の恋の始まりを示す歌と考えられている。

大伴宿祢《おおとものすくね》家持《やかもち》、同じ坂上家の大嬢に贈る歌一首

なでしこが　その花にもが　朝《あさ》な朝《さ》な　手に取り持ちて　恋ひぬ日なけむ　（巻三・四〇八）

大伴宿祢家持、坂上家の大嬢に贈る歌一首

我がやどに　蒔きしなでしこ　いつしかも　花に咲きなむ　なそへつつ見む　（巻八・一四四八）

また、巻四相聞には、配列からみて同じ頃に坂上大嬢が家持へ贈ったと考えられている次のような歌も掲載されている。

大伴坂上家の大嬢、大伴宿祢家持に報《こた》へ贈る歌四首

生きてあらば　見まくも知らず　なにしかも　死なむよ妹《いも》と　夢《いめ》に見えつる　（巻四・五八一）

ますらをも　かく恋ひけるを　たわやめの　恋ふる心に　たぐひあらめやも　（五八二）

月草の　うつろひ易く　思へかも　我《あ》が思《も》ふ人の　言《こと》も告《つ》げ来《こ》ぬ　（五八三）

春日山　朝立つ雲の　居《ゐ》ぬ日なく　見まくの欲《ほ》しき　君にもあるかも　（五八四）

しかし、この四首については、非常に扇動的な恋歌であること、坂上郎女《さかのうえのいらつめ》の歌に表現の似た歌があること、五八二番歌の「たわやめ」の原表記が「幼婦」とあること、坂上大嬢は越中でも家持に歌の代作を頼んでいることから、母親坂上郎女による代作と考えられている。

当時の結婚は、男は十五歳、女は十三歳からと定められているので（「戸令《こりょう》」24）、この段階ではまだ恋

愛的な交際には発展していなかった可能性が高い。そして、巻四・七二七の題詞《だいし》に「離絶《りぜつ》数年、また会《あ》ひて相聞往来《さうもんわうらい》す」とあるように、二人は数年間途絶えた。

多くの女性との相聞歌の贈答、坂上大嬢との離絶、愛妾の死

その間、内舎人《うどねり》として宮中にあがっていた家持は、笠女郎・紀女郎ほか多くの女性と多数の相聞歌を贈答する。また、妾《おみなめ》を娶って子をなした。当時の妾は、妻と同じ二等親と定められていた（「儀制令《ぎせいりょう》」25）。しかし、天平十一年（七三九）家持が二十二歳の時に亡くなる。家持はこの愛妾の死を、多数の挽歌にする（巻三挽歌四六二、四六四～四七四）。

坂上大嬢と交際が復活、結婚

愛妾の死が契機となり、秋八月、坂上郎女は田荘《たどころ》である竹田庄（奈良県橿原市東竹田町あたりに比定）に家持を招く。そして九月、娘盛りに成長した坂上大嬢は、手作りの稲かずらと自分が身につけていた下衣を歌と共に家持へ贈り、家持も「秋風が寒い頃なので肌身に着る」という返歌をする。二人の関係が結婚に至った証しの歌とされる。

坂上大娘、秋の稲の縵《かづら》を大伴宿祢家持に贈る歌一首

我が業《な》れる　早稲田《わさだ》の穂立《ほたち》　作りたる　縵そ見つつ　偲《しの》はせ我《わ》が背《せ》　（巻八・一六二四）

大伴宿祢家持が報《こた》へ贈る歌一首

我妹子《わぎもこ》が　業《なり》と作れる　秋の田の　早稲穂《わさほ》の縵　見れど飽かぬかも　（一六二五）

また、身に着る衣を脱きて家持に贈りしに報ふる歌一首

秋風の　寒きこのころ　下に着む　妹《いも》が形見と　かつも偲《しの》はむ　（一六二六）

右の三首、天平十一年己卯《きぼう》の秋九月に往来《わうらい》す。

通い婚の新婚生活

当時は通い婚であり、聖武天皇に近侍する内舎人の家持は、別居している坂上大嬢となかなか逢えない新婚生活を送っていたようである。

天平十二年の初夏、満月の夜に満開の花橘を共に眺める約束を果たせなかった家持は、橘の花を折って長歌と共に坂上大嬢に贈った（巻八・一五〇七～九）。この歌については後述する。夏六月には、季節外れの藤と萩の黄葉を歌に添えて贈った。

長期出張となる伊勢行幸供奉

しかし、巻六・一〇二九番題詞によれば、九月に九州で勃発した藤原広嗣《ひろつぐ》の乱が契機となった伊勢行

幸に、家持は内舎人として供奉《ぐぶ》、長期出張状態となった。巻六には、伊勢・美濃行幸に供奉した家持の歌が左のように五首見られるが、そのうち三首が妹との共寝の渇望がうたわれている。

　十二年庚辰《かうしん》の冬十月、大宰少弐《だざいのせうに》藤原朝臣広嗣《ひろつぐ》が謀反《かたむ》けむとして発軍するに依りて伊勢国に幸《いでま》す
　時に、河口の行宮《かりみや》にして内舎人《うどねり》大伴宿祢家持が作る歌一首

河口《かはぐち》の　野辺《のへ》に廬《いほ》りて　夜の経《ふ》れば　妹《いも》が手本《たもと》し　思ほゆるかも　（巻六・一〇二九）

　狭残《ささ》の行宮《かりみや》にして、大伴宿祢家持が作る歌二首

大君《おほきみ》の　行幸《みゆき》のまにま　我妹子《わぎもこ》が　手枕《たまくら》まかず　月そ経《へ》にける　（一〇三二）

御食《みけ》つ国　志摩《しま》の海人《あま》ならし　ま熊野《くまの》の　小舟《をぶね》に乗りて　沖辺《へ》漕ぐ見ゆ　（一〇三三）

　大伴宿祢家持が作る歌一首

田跡《たど》川の　瀧《たき》を清みか　古ゆ　宮仕へけむ　多芸《たぎ》の野の上《へ》に　（一〇三五）

　不破《ふは》の行宮にして大伴宿祢家持が作る歌一首

関《せき》なくは　帰りにだにも　うち行きて　妹が手枕　まきて寝ましを　（一〇三六）

新都久邇京での単身赴任生活

聖武天皇一行はそのまま山背国《やましろのくに》信楽《しがらき》に到り、十二月に恭仁《くに》京を新都とした。わずか三年余りの都で

しかなかったが、その間内舎人《うどねり》である家持は、妻坂上大嬢を平城の都に残し、単身赴任生活を送ることになる。離れているからこそ消息を伝える必要があるのだろう。家持は坂上大嬢にまめに歌を贈っていたようである（巻四相聞七六五・七六七・七六八、七七〇〜七七四、巻八春相聞一四六四、巻八秋相聞一六三二）。

安積親王薨去後

天平十六年閏正月十三日、有力な皇位継承者だった安積《あさか》親王が薨去。その死は家持にも大きな悲しみをもたらし、長歌二首を含む六首の挽歌を詠む。二月末、恭仁から難波《なにわ》に遷都。にもかかわらず、四月、家持は独り平城の旧宅で歌を詠むとある（巻十七・三九一六〜二一）。坂上大嬢との贈答歌も『万葉集』に見られなくなる。この年に家持は内舎人に任を終えたとされるが、解任と共に単身赴任も終了し、夫婦の間で消息を伝え合う必要がなくなったからであろう。

三　新婚時代の長歌——多忙な夫、通い婚の夫婦——

新婚時代の家持は、当時は通い婚だったことと、聖武天皇に内舎人として仕えていたため、坂上大嬢と生活を共にしていなかった。そのため、自ずから消息を伝えるための歌数も増えたと見られる。

そこで、新婚時代に家持が坂上大嬢に贈った巻八の二組の長歌体の恋歌を見ていく。

（1）橘の花を贈る長歌

大伴家持、橘の花を攀《よ》ぢて、坂上大嬢に贈る歌一首 并せて短歌

いかといかと　ある我がやどに　百枝《ももえ》さし　生《お》ふる橘　玉に貫《ぬ》く　五月《さつき》を近み　あえぬがに　花咲きにけり　朝に日《け》に　出で見るごとに　息の緒《を》に　我が思ふ妹に　まそ鏡　清き月夜《つくよ》に　ただ一目見するまでには　散りこすな　ゆめと言ひつつ　ここだくも　我が守《も》るものを　うれたきや　醜《しこ》ほととぎす　暁《あかとき》の　うら悲しきに　追へど追へど　なほし来鳴きて　いたづらに　地《つち》に散らさば　すべをなみ　攀《よ》ぢて手折《たを》りつ　見ませ我妹子《わぎもこ》　（巻八・一五〇七）

反歌

望《もち》ぐたち　清き月夜に　我妹子に　見せむと思《も》ひし　やどの橘　（一五〇八）

妹が見て　後《のち》も鳴かなむ　ほととぎす　花橘を　地《つち》に散らしつ　（一五〇九）

夏相聞掲載歌で、天平十二年（七四〇）家持二十三歳の時の歌と考えられている。(5) 歌は、家持宅の枝振りのよい橘をめぐって詠まれたもので、こぼれ落ちそうに満開だった。そこで家持は、満月の晩に坂上大嬢に一目見せるまで、決して散るなと言いながら花を見守っていた。しかし、暁の物悲しい時間帯にホトトギスが追えども追えども来て散らしてしまう。なので、どうしようもなく

なって枝を引き折り坂上大嬢に贈った、というものである。二首の反歌は長歌の内容を繰り返している。

[冗長と評価が低い昭和年間の注釈]

家持が『万葉集』に残した四十六首の長歌の中で最初の作となる長歌である。はじめての長歌ということもあり、アララギ派の歌人である土屋文明《つちやぶんめい》をはじめ辛口な評価が多い。

家持には未だ長歌を構成する程の力倆がなかつたのであらう。マソカガミの枕詞の置き場にしても調子を亂すだけであり、アカトキノ　ウラガナシキニなども全く無用の句といへよう。句割もいくつか目立つ。一首全體として見て、散漫亂雑にちかい。

（土屋文明『万葉集私注』四巻・新訂版・筑摩書房・昭和五十一年）

歌人で国文学者の窪田空穂《くぼたうつぼ》も「叙事をしなければ抒情が徹しない場合のものであつた。この歌は橘の花を贈るに添えた挨拶という軽い物であり、又叙事を必要とする何物もない程のものである」とし、本来は挨拶程度の軽い歌であるべきところ、家持が橘の花にまつわる自分の思いを述べようとしたから長歌体となり、「一首としては軟弱で冗漫なのはその爲である」（『万葉集評釈』五巻・新訂初版・東京堂出版・昭和五十九年）とやはり評価が低い。

武田祐吉も「橘を愛する氣もちはわかるが、説明が冗長で散文的である。これほど長くしないでもよかつたろう。」（『万葉集全註釈』七巻・角川書店・昭和三十一年）と同様である。

伊藤博氏の最晩年の業績である『万葉集釈注』（四巻・集英社・平成八年）は、「（家持は）そこに風流の結晶を見ていたをのかもしれない」としつつも、「玉に貫く五月を近み」「朝に日に出で見るごとに」はなくてもよい句とし、「ただ一目見するまでには散りこすなゆめと言ひつつ」あたりの表現はもっと簡潔でよく、「暁のうら悲しきに」はいかなる意図があっての表現なのかわかりにくいとする。

このように昭和期の注釈では軒並み評価の低い歌だが、そうした中、鴻巣盛廣《こうのすもりひろ》は「新婚の妻に贈つたものだけに、愛情が溢れてゐる。橘の花を大切にして、その枝に來鳴く郭公を罵つてゐるのが、人の聞きたがる鳥だけに面白く思はれる。」「月明の清夜に、女と共に眺めようと待つてゐた花橘を、待ちかねて手折つて贈る歌である。結句の名詞止が、本集では珍しい形になつてゐる。」（『万葉集全釈』二巻・廣文堂書店・昭和八年）と、新婚の新妻への愛情と、清夜に橘の花を二人で眺めようとしていたことが表現された歌と評価した。

美意識の高さを評価する平成期の注釈

平成年間に入ると、中西進氏が「おどろくような美意識」と、清らかな月の夜に美しく咲く橘花を二人して眺めるという高いレベルの美意識を家持は有していると驚愕される。

美しい花を自分の愛する女性に見せたいというのは、普遍的な願望である。ところが、それを清らかな月夜に見せたいといったことに私は驚く。深い心と、高いレベルの美意識があるではないか。

（中西進『大伴家持』二巻・角川書店・平成六年・五十三頁）

また、女性単独の初の全歌注釈である阿蘇瑞枝氏『萬葉集全歌講義』も中西氏と同様に、「家持の美感が反映」した「冗句がなく主題を中心に統一のとれた佳作」と非常に高く評価する。

清らかな月の光のもとで橘の花を見せたいと願ったあたりにも、家持の美感が反映している。家持の長歌の中でも、冗句がなく主題を中心に統一のとれた佳作と思われる。反歌も長歌を補う形で詠まれ、緊密な関係を保っている。

（阿蘇瑞枝『萬葉集全歌講義』四巻・笠間書院・平成二十年）

万葉びとの「朝」という時間帯

冗長と低い評価の原因となっている「朝に日に出で見るごとに」「暁のうら悲しきに」という表現についてだが、現在の同居を基本とする結婚生活とは異なり、当時は別居を基本とした通い婚であったことが影響していると思われる。

古代官人の朝は現代人に比べてかなり早く、平城宮の朱雀門は日の出の二十分前に開門、朝堂院の門はその一時間後、夏至で午前六時半頃、冬至でも七時五十分頃に仕事が始まったと考えられている。(6) そのため、妻の元に通っていたとしても、後述する相聞長歌のように「妹と我と　手携はりて　朝には庭に出で立ち」(巻八・一六二九)と朝を夫婦でのんびりと過ごす時間がなかった。古代人にとっての「朝」は、時間こそ現代より相当早いが、基本的には出勤・仕事の時間帯で伴侶と離れた状態なのである。

満月の夜の花見を計画

そして、反歌で長歌の内容を繰り返して詠むのも、影山尚之《ひさゆき》氏に「四月の望月の夜に家持は大嬢を自邸に招き、自慢の橘花を見せようと以前から計画していたのだろう。(7)」という指摘があるように、満月の時分に合わせて自分の邸宅へ妻坂上大嬢を招いて、満開の橘の花を夜が更けるまでゆっくり一緒に眺めることを計画していたと考えた方が自然である。

中西進氏が同書で紀女郎の歌を示されているように、月夜に梅を愛でるという風物の取り合わせは万葉歌にもいくつか見られるが、橘と月のとりあわせについては粟田女王の巻十八・四〇六〇番歌しかみられない。

紀《きの》少鹿女郎《をしかいらつめ》が歌一首

ひさかたの　月夜《つくよ》を清《きよ》み　梅の花　心開けて　我が思《も》へる君　（巻八・一六六一）

通い婚で普段共にいられる時間が限られているからこそ、満開の花橘を「望ぐたち」(8)と満月が西に傾き夜が更けるまで二人してゆっくり眺める。今日のように夜桜などがライトアップされて簡単に楽しめる時代ではなかったからこそ、普段体験することができない、いかにも女性が喜びそうな美しいシチュエーションで坂上大嬢を自宅に招くことを家持は計画していた、と考えてみたい。

五感で楽しむ花橘

後世、橘といえば「五月待つ花橘の香をかげば昔の人の袖の香ぞする」（『古今和歌集』一三九番、『伊勢物語』六十段）と香り高い花とされるが、家持のこの長歌では香りは歌われていない。だが、四年後の安積親王が薨去した天平十六年四月五日に詠まれた家持の邸宅の橘花は、「橘のにほへる香かも」と芳香を放っていたことがうたわれている。

橘の　にほへる香かも　ほととぎす　鳴く夜の雨に　うつろひぬらむ　（大伴家持・巻十七・三九一六）

さらに、長歌に花を散らす存在として登場するようにホトトギスも来鳴く環境であり、月光・純白の花橘・ホトトギスの声・橘の香、と五感に訴える趣向満載の美を二人は共有しようとしていた。そしてその機会は年に一度しかなく、新妻の坂上大嬢も、家持の邸宅で一晩過ごす心づもりをし、心待ちにしていたのではなかろうか。

ユーモアを交える効果――妻への気配り――

天平十六年の家持邸の橘は、右の歌と同じ歌群で「花は過ぐとも」と歌われていることから、四月五日頃が見頃だったようである。

ほととぎす　夜声なつかし　網《あみ》ささば　花は過ぐとも　離《か》れずか鳴かむ
（巻十七・三九一七）

この相聞長歌では「醜ほととぎす」が散らすためだとしているが、予想より早く橘の花が散り始めたようである。満月の頃には盛りを過ぎてしまう状況だったようで、坂上大嬢との約束が果たせなくなった。そのため相聞歌としてはめずらしい長歌によって事情を説明したと考える方が理解しやすい。事情を論理的に説明することは、叙情性が優先される三十一文字の短歌体では難しいレトリックだからである。

そして家持は、平素は偏愛しているホトトギスを「醜ほととぎす」と罵詈《ばり》し、橘花を散らすホトトギスを何度も何度も追い払うという道化を歌の中で演じてユーモアと同情を誘い、落胆している坂上大嬢の気持ちをほぐして許しを請うているのかもしれない。

影山尚之氏が「サービス精神満載の消息」と述べておられるように、不要・冗長と言われる表現こそが、家持が妻のためにこだわり、重視した部分なのである。

誠意と愛情をユーモアで包み込んで綴ったサービス精神満載の消息——やさしいことば——であった。（中略）大嬢が歌を返さずとも双方のコミュニケーションが成立するように巧まれている。そういう格別にこまやかなメッセージ伝達のために、家持が意図的に長歌型式を選択したものと見られるのである。

（影山尚之『萬葉和歌の表現空間』塙書房・平成二十一年・七十九頁）

このように、一見家持の一人よがりで無駄に見える表現は、家持邸での橘の花見を楽しみにしていたであろう新妻坂上大嬢に対する気遣い・配意から発するものであり、影山氏が指摘されるように、詠歌が不得意だったと思われる(9)坂上大嬢が返歌をしなくても、彼女が花と共に贈られてきた歌を嬉しそうに受け止め、笑顔を浮かべるだけでコミュニケーションが成立する夫婦間での「相聞」となっているのである。

(2) 高円に咲く容花の長歌

大伴宿祢家持、坂上大嬢に贈る歌一首 并せて短歌

ねもころに 物を思へば 言はむすべ せむすべもなし 妹《いも》と我と 手携《てたずさ》はりて 朝《あした》には 庭に出で立ち 夕《ゆふべ》には 床打《とこう》ち払ひ 白たへの 袖さし交《か》へて さ寝《ね》し夜や 常にありける あしひきの 山鳥こそば 峰向《をむ》かひに つま問ひすといへ うつせみの 人なる我《われ》や なにすとか 一日一夜《ひとひひとよ》も 離《さか》り居て 嘆き恋ふらむ ここ思《も》へば 胸こそ痛き そこ故《ゆゑ》に 心和《こころな》ぐやと 高円《たかまと》の 山にも野にも うち行きて 遊びあるけど 花のみに にほひてあれば 見るごとに まして偲《しの》はゆ いかにして 忘るるものそ 恋といふものを

(巻八・一六二九)

反歌

高円の 野辺《のへ》のかほ花 面影《おもかげ》に 見えつつ妹は 忘れかねつも

(一六三〇)

歌の配列から、天平十二年(七四〇)九月に勃発した藤原広嗣の乱を契機にはじまる聖武天皇関東彷徨前の初秋の作と考えられる。藤原広嗣の乱は、壬申の乱以来約七十年ぶりの乱である。

長歌の大意は、「つくづくとあなたとの事を考えてみると、言いようもしようもない。手を繋いで朝は庭に出て、夕方には寝床をきれいにして袖を交わして共寝をする夜が、常にあったであろうか。山鳥

でさえ峰の向こうに妻を訪ねるのに、人である私は、一日一夜でも離れていると嘆き恋しく思ってしまう。こう思うと胸が痛いので、心を癒やそうと高円の山野を馬に乗って遊び回ってみたけれど、花ばかり美しく咲いているので、それを見るたびにもっとあなたのことを思われてしまう。どうしたら忘れることができるのだろうか、恋というものは」。

反歌は「高円の野辺の容花のように、面影にばかり見えて忘れられないよ」という意味で、坂上大嬢の面影が託される「かほ花（容花）」は、ヒルガオ説が有力である。

挽歌表現を恋歌に利用すること

この歌は、柿本人麻呂の「泣血哀慟歌《きゅうけつあいどう》」（巻二・二〇七～一三）や山上憶良の「哀世間難住歌」（巻五・八〇四～五）と発想や語句の使い方が似ていると諸注釈に指摘されている。

挽歌的な語句や発想が見られることから、死から数年を経てもなお尽きない妾を嘆く気持ちをうたった挽歌だとする説(10)もある。だが、藤原広嗣の反乱で緊迫した政治情勢に巻き込まれつつある夫から、数年も前に死別した妾への恋情を連綿と詠んだ歌が贈られたとしたら、普通に考えれば正妻は不快に思うであろう。そもそも巻八は、作歌事情がわかる家持周辺の人々の歌を中心に、季節にそって収録した巻であり、亡くなった妾の挽歌を、季節分類の中の相聞の部立に収録するというのは釈然としない。妻と離れて暮らす辛い恋心を、既存の亡妻挽歌の表現によって強調したものと見るべきである。

伊藤博氏が『万葉集釈注』で懸念を示した、坂上大嬢が贈られた歌の挽歌的表現を不快に思う可能性については、影山尚之氏が「分析的になることがあるとすれば夫の届けてきたことばの裏側に不実や破綻を見抜こうとするぐらいであって、夫がどのような先行作品に範を仰いだかということはおよそ関心の外にある」(『萬葉和歌の表現空間』八十三頁)と述べられているように、坂上大嬢にとっては先行歌との語句の類型性よりも、自分に対する家持の思いの強さを歌の内容に求めていたと思われる。

さらに影山氏が「何よりも歌内容が相手に『わかる』ことが肝要であり、突出した個性は極力排除され、いきおい類型的な表現を多産してゆくことになる。」(同著・六十三頁)と指摘されるように、逢えないことを嘆くという普遍的な内容の恋歌であればあるほど、ステレオタイプのありがちな類型表現に集約されてしまうのは致し方ないことである。相思相愛の当事者二人にとっては、ありふれた愛の言葉でも珠玉の言葉として響くものである。ありふれた愛の言葉だからこそ必須であり、それが欠けたり不足した状態は、相手への不快感不信感を生むのである。

異例な恋歌――二例の相聞長歌――

このように先行歌の模倣ばかりが問題点となっている長歌だが、決して個性がない訳ではない。

中西進氏が指摘されるように、『万葉集』中で個人間の恋歌の贈答に長歌体を使用した例は限られている。(11) 家持の恋歌では、坂上大嬢宛の先述した花橘の歌とこの歌しか見られない。家持は、ほかの恋人たちとは異なる特別な歌を坂上大嬢に贈っていたと言える。

また、この相聞長歌を高く評価する金子元臣が、「冒頭はまづ胸中の欝積を愬えた一篇の總叙で、集中他に例を見ない手法である。」（『万葉集評釈』四巻・明治書院・昭和二十年）と指摘する「ねもころに物を思へば（叩々物乎念者）」という冒頭表現は、集中孤例である。「叩々」という用字については、『玉台新詠』繁欽《はんきん》の「定情詩」に典拠があることが小島憲之氏によって指摘されており(12)、中西氏も中国情詩からの模倣から生れた作品だとする(13)。金井清一氏も、大伴家持の長歌史という視点から、

> 長歌が宮廷から離れ、公的儀礼の伝統の束縛がゆるめられ、表現としての自由が徐々に拡大されつつあったとき、当代の歌人らが長歌を自由な叙情のために用いようとしたことは一般論として当然のことだからである。かくして相聞長歌は制作され、私的詠嘆の長歌における表白が試みられていくようになったのである。家持の坂上大嬢に贈った二首の相聞長歌は、そうした趨勢の中での、長歌形式に対する主体的認識がないままの、おそらくは叔母坂上郎女の長歌制作に触発されての制作だったと思われる。（金井清一「家持の長歌」『万葉詩史の論』笠間書院・昭和五十九年・二六四頁）(14)

と、長歌が自由な叙情表現を指向しはじめる中で、私的な恋の詠嘆が試みられ、それは叔母坂上郎女の影響であったと推察されている。

このように、坂上郎女の目にも触れ、母娘で喜びを共有したであろうこの長歌は、部分的には先行歌を模倣しつつも、私的な恋情を長歌形式で訴えるという新しい手法がとられた歌なのである。

阿蘇瑞枝氏が「恋情の高まりが自由な表現反映しており、まとまりがあり、長歌末尾への流れもよい。佳作といえよう。」（『萬葉集全歌講義』四巻）と言われるように極めてまとまりがよい。長歌体で「綿々として絶えざる戀慕の情が、春蠶の糸を吐くやうに、静かになごやかに述べられてゐる」（鴻巣盛廣『万葉集全釈』二巻）詠嘆の情は、さらに短歌形式の反歌で「面影に見えつつ妹は忘れかねつも」と思慕の念へと集約されて叙情的に坂上大嬢へ響いたことであろう。

山鳥——雌雄別離の鳥——

家持は様々な鳥を歌に詠んでいるが、長歌の中に登場する「山鳥」については、『万葉集』にこの歌の他に四首の作者未詳歌がある。

A あしひきの　山鳥の尾《を》の　一峰《ひとを》越え　一目見し児に　恋ふべきものか　（巻十一・二六九四）
B 思へども　思ひもかねつ　あしひきの　山鳥の尾の　長きこの夜を　（巻十一・二八〇二）
C あしひきの　山鳥の尾の　しだり尾の　長々し夜を　一人かも寝む　（二八〇二或本）
D 山鳥の　尾ろのはつをに　鏡掛け　となふべみこそ　汝《な》に寄《よ》そりけめ　（巻十四・三四六八）

ヤマドリはキジ科の鳥で、その尾羽は美しく、長いものでは九〇センチにも達する。和歌ではその長い尾羽が「長き夜」を導く序詞として用いられることが多い。その代表歌がBで、Cが「小倉百人一首」で柿本人丸歌としてよく知られる歌である。

ヤマドリは繁殖期以外は、雌雄別々で行動することが多い鳥であり、(15) そうしたことから和歌では「雌雄別離」の鳥、「長い夜のひとり寝」の象徴としてうたわれる。

同じくキジ科の鳥にキジがいるが、家持にはキジを詠んだ歌が巻八春雑歌にあり『拾遺和歌集』に選ばれている。

春の野に　あさる雉《きぎし》の　つま恋《ごひ》に　己《おの》があたりを　人に知れつつ　（巻八・一四四六）

この巻八の家持歌や「雉も鳴かずば撃たれまい」という諺があるように、キジのオスは繁殖期に「ケーンケーン」とうるさく鳴く。それに比べてヤマドリは、あまり大きな鳴き声を出さず目立たない。生息域にも差があり、草原や明るい林を好むキジに対し、ヤマドリは平地から低山のよく茂った林に生息し、とくに谷に多く暗い場所を好むという（『日本大百科全書』）。

繁殖期はキジもヤマドリも春だが、キジは春の繁殖期にしきりに鳴くことが詠まれるのに対し、ヤマドリは非繁殖期の雌雄別離状態が歌となる。

家持の長歌の「峰向かひにつま問ひすといへ」や、A歌の「一峰越え一目見し児」という表現は、そうしたヤマドリの生態によるもので、後世『枕草子』でも、山鳥は「谷へだてたる程など、心ぐるし。」と可哀想な鳥として清少納言に同情される。

「ねもころに　物を思へば　言はむすべ　せむすべもなし」と、言葉もなく独り嘆く状況は、野で声高に鳴く雉よりも、「あしひきの」と枕詞がつくような人里離れた山中で生息する山鳥に心情を託す方がふさわしい。

家持が山鳥を詠んだ歌は『万葉集』にこの一首しかなく、詠歌時期も天平十二年（七四〇）の日を追うごとに夜が長くなってゆく初秋に詠まれたと考えられるので、おそらく山鳥を目にした家持自身の経験が土台となっているのだろう。

四　おわりに

以上、近年見直されつつある家持の巻八掲載の相聞長歌をみてきたが、先行歌の表現の模倣が強調されることが多く、受け手の坂上大嬢の作歌技術が未熟だったと思われることと相まって、従来評価されることが少ない歌であった。

長歌体の歌の贈答という点については影山氏が、「越中時代の家持と池主との書簡往来などは高級な知識と風流を共有する間柄に限定的に成り立つ営為だった。」(『萬葉和歌の表現空間』六十四頁)と述べておられるとおりで、どうしても越中時代の病床の大伴家持が、部下の大伴池主と漢詩まで交えながら贈答した巻十七の歌群を基準にしてしまう。そして、家持から坂上大嬢に贈られた相聞長歌を大嬢は咀嚼できなかったのではないかと想像してしまう。

しかし、自身で理解できなければ、母親の坂上郎女をはじめ周囲に尋ねれば良いのである。むしろ、夫からこのように珍しい長歌体の恋歌を受け取り、そこに書かれている内容が難解だと周囲に知られることは自慢できることであり、家持の正妻としての坂上大嬢の承認欲求や自尊心を満たすことに繋がっていたのではなかろうか。坂上大嬢の立場からすると、文芸的な歌の善し悪しよりも、妻として自分が尊重されているかどうかという配意が歌に見られるかが重要であり、二首の相聞長歌は、その部分については成功していると読み解くべきだと思われる。

昭和年間の男性の歌人や研究者には見えなかったのではなかろうか。歌の個性や表現の善し悪しという文芸的な視点に捕われ、相互理解を深める相聞歌のダイアローグ的な意図や、どのような歌を贈られたら女性が喜ぶかという視点が欠けているように感じる。さらに、夫婦間の相聞において、夫が妻へ贈った恋歌の特性を研究論点化する意識も低かったと思われる。

若い頃の大伴家持と坂上大嬢の周辺では、中臣宅守《やかもり》が女嬬《にょじゅ》であった狭野弟上娘子《さののおとがみのおとめ》を娶って越前国に流罪となった事件(巻十五後半)や、家持とも相聞歌を交していた紀女郎の夫安貴《あき》王が天皇の采女《うねめ》と通じて不敬罪（巻四・五三五左注）となったスキャンダラスな事件も横行していた。

また、天平九年（七三七）には疱瘡《ほうそう》（天然痘）が大流行し、藤原四兄弟が次々と亡くなる。さらに藤原広嗣の乱や聖武天皇の関東彷徨により、都が二転三転する不安定な政情に家持も巻き込まれている。

そうした激動の時代だからこそ、季節の風物を共に楽しむような平穏で安定した恋歌を望んだとしても、決してそれは不自然なことではない。

浅野則子氏(16)は、『万葉集』にみられる坂上大嬢について、「あらかじめ意図された『幸せな結婚』」「家持、坂上郎女によって歌われる『幸せな妻』『安定した二人』となるが、彼女はまた歌わないことでその姿を固定していくのである。」と、二人の関係は美化された夫婦像だとする。

大伴家持と坂上大嬢の夫婦の軌跡は、出逢い、絶縁、再開、曲折、長期出張、単身赴任、赴任先で同居と、古代における一夫婦の来し方行く末を長期にわたって俯瞰できる貴重な例である。美化・理想化されていたとしても、むしろ理想化されているからこそ律令時代から現代に脈々とつづく夫婦像として、和歌世界の中で普遍性を持つのではないだろうか。

注1　小野寛『大伴家持研究』（笠間書院・昭和五十五年）七六頁表による。初出「女郎と娘子——家持の恋の諸相——」『論集上代文学』第三冊（笠間書院・昭和四十七年）

2　木下正俊『万葉集全注』四巻（有斐閣・昭和五十八年）一一五頁、川﨑晃「佐保の川畔の邸宅と苑池」

(『水辺の万葉集』笠間書院・平成五年)

3 小野寛「生まれ年はいつか」『万葉集をつくった大伴家持大事典』(笠間書院・平成二十二年)

4 坂上大嬢の誕生年については、神掘忍「大伴家持と坂上大嬢――その年齢推定の試み――」(『万葉集研究』第二集)に考察があり、養老七年(七二三)とする。小野寛(『大伴家持研究』五五五頁)も、養老七年とする。橋本達雄(『大伴家持作品論攷』塙書房・昭和六十年)は養老四、五年(七二〇・七二一)、小野寺静子(「大伴家の人々」『坂上郎女と家持』翰林書房・平成十四年一八頁・初出昭和六十一年、『家持と恋歌』一一一頁)は養老五年(七二一)頃とする。

生年の差は、坂上郎女が嫁していた穂積親王の薨去が神亀元年(七一五)でその服喪期間が七年とし、そのあと夫となる大伴宿奈麻呂の備後国守解任の時期が不明なため、帰京するのをいつとみるか、また、結婚から出産にかかる期間をどのくらいとみるかによって発生する。

5 『万葉集をつくった大伴家持大事典』による。伊藤博氏は、坂上郎女の仲立で将来を約束させられたのは天平四年(七三二)頃、妾の元に通いだしたのは天平五年、子をもうけたのは天平六年頃、妾の没年は天平八年頃、妾の挽歌を詠んだのは天平十一年、坂上大嬢との離絶数年後の相聞往来歌は天平九年頃、巻八夏相聞の坂上大嬢に贈った橘の長歌は天平九~十年(七三七~八)、巻八秋相聞の坂上大嬢に贈った容花の長歌は、天平十二年の秋とする。(『万葉集釈注』二巻・三四〇・六四五頁、『万葉集釈注』四巻・五五五・七二一頁)

6 山本崇「(44)役人の勤務時間」(「なぶんけんブログ」奈良文化財研究所ホームページ・平成二十六年八月)

7 影山尚之「大伴家持の初期相聞長歌考――巻八・一五〇七~一五〇九歌の場合――」(『萬葉和歌の表現

空間』塙書房・平成二十一年、初出『園田国文』二十一号・平成十二年三月）。なお、影山氏の『萬葉和歌の表現空間』には、この論考以外にも大伴家持と坂上大嬢の贈答に関する優れた論考が所収されており参照した。「大伴家持と坂上大嬢の贈答――巻八・一六二四～一六二六歌をめぐって――」（初出『園田国文』二十号・平成十一年三月）、「大伴家持初期相聞長歌続考――巻八・一六二九～一六〇三歌の場合――」（初出『そのだ語文』一号・平成十四年三月）

8 第一反歌の「望ぐたち」ついては、四月十六・十七日の夜のこととする説（小学館新全集・伊藤博釈注・阿蘇全歌講義）、満月が西に傾くこと、すなわち満月の夜に長時間にわたって一緒に眺められるとする説（岩波新大系）がある。どちらにしても、「まそ鏡」と形容可能な月夜に満開の橘の花を観賞できる日は、年に二・三日しかない。

9 前述したように、坂上大嬢の歌とされる巻四・五八一～四が母坂上郎女の代作と考えられること、大伴家持が越中赴任時代に妻の代作をしていること（巻十九・四一六九・七〇）などから、坂上大嬢は歌を詠むのが不得意だとすることは定説化している。影山尚之「大伴家持と坂上大嬢の贈答」（『萬葉和歌の表現空間』）。

10 阿部誠文「家持の大嬢に贈る長短歌」（『九州女子大学紀要 人文・社会科学編』四十二巻三号・平成十八年二月）

11 中西進「長歌と恋歌」（『万葉集の比較文学的研究』桜楓社出版・昭和三十八年）、同『大伴家持』二巻（角川書店・平成六年）八十四頁

12 小島憲之「叩々 ものをおもへば」（『萬葉』十七号・昭和三十年十月）

13 中西進「長歌と恋歌」（『万葉集の比較文学的研究』桜楓社出版・昭和三十八年）

14　初出は、金井清一「大伴家持論」（『論集上代文学』第七冊・笠間書院・昭和五十二年二月）

15　『日本の野鳥（山渓カラー名鑑）』（山と渓谷社・昭和六十年）、「動物日誌コシジヤマドリ訃報（2015年11月11日）」（大宮公園小動物園ホームページ）

16　浅野則子「想定された至福——大伴坂上大嬢の歌をめぐって——」（『別府大学紀要』四十号・平成十年十二月）

＊『万葉集』のテキストは、塙書房『万葉集 CD-ROM版』を使用したが、私に改めたところもある。

「歌日誌」の序奏

――巻十七冒頭補遺歌群中の家持――

鈴木崇大

一　はじめに

『万葉集』全二十巻が巻十六以前と巻十七以降とで二部に分かたれることは周知に属しよう。第一部はそれぞれの巻が各々の基準の下に個別的に成立しているのに対し、第二部、巻十七～二十の末四巻は大伴家持とその周辺で詠まれた歌々を中心に時間順に記載されており、両者の編纂方針はまったく異なっているからである。そうしてこの末四巻は大伴家持《おほとものやかもち》の「歌日誌」とも呼ばれている。

ただし、その巻十七の前半部分は問題なしとしない。巻頭の歌群は天平二年（七三〇）、大宰帥大伴《おほともの》旅人《たびと》が大納言に遷任されて上京する際の下僚達の歌であり、以降、十年（七三八）、十二年（七四〇）、十三年（七四一）、十六年（七四四）に様々な人々によって詠まれた歌が続き、同十八年（七四六）の白雪応詔歌群（巻十七・三九二二～三九二六）からはほぼ連続的に歌が記載されてゆく。つまり、「歌日誌」とは言いながら冒頭から天平十六年までの歌三十二首は相当に断続的なのである。

この問題については、『万葉集』第一部に収載された歌の詠作年次の下限が天平十六年であること、家持の作歌活動は天平五年（七三三）から天平宝字三年（七五九）までの二十六年間に渡るが、天平十六年四月から同十八年一月までの間、一年八ヶ月もの空白があること、その空白期間は家持以外の者の歌も集中に認められないことなどをもって、この天平十六年までに詠作された歌々を資料として『万葉集』第一部は編まれたのであり、従って巻十七冒頭三十二首は第一部の補遺にして、「歌日誌」の実質的な開始を天平十八年とするのが現在の通説となっている。稿者もそれが妥当と考える。

本稿ではその中の家持の三歌群十首を瞥見し、ここでの彼の姿を探ってみたい。

二　天平十年七月七日

十年の七月七日の夜に、独り天漢《あまのがは》を仰《あふ》ぎて聊《いささ》かに懐《おも》ひを述《の》べたる一首

織女《たなばた》し舟乗《ふなの》りすらし真澄鏡《まそかがみ》清《きよ》き月夜《つくよ》に雲立《くもた》ち渡《わた》る　（巻十七・三九〇〇）

右の一首は、大伴宿禰家持の作。

家持は七夕歌を四度十三首残しているが、これはその最初の作。当時家持二十一歳。同年十月、橘《たちばなの》

奈良麻呂《ならまろ》主催の宴に出席、歌を詠んでいるが（巻八・一五九二）、その左注に「右一首は内舎人《うどねり》大伴宿禰家持」とある。七月にもすでに内舎人として出仕していた可能性がある。(1)

家持が当該歌を詠んだこの日、宮中では以下のような催しが持たれている。

秋七月癸酉、天皇《すめらみこと》、大蔵省《おほくらしやう》に御《おは》しまして相撲《すまひ》を覧《みそなは》す。晩頭《ばんとう》に、転《めぐ》りて西池宮《にしのいけのみや》に御《おは》します。因《より》て殿《みあらか》の前《まへ》の梅樹《うめのき》を指《さ》し、右衛士督《うゑじのかみ》下道《しもつみち》朝臣真備《まきび》と諸《もろもろ》の才子《さいし》とに勅《みことのり》して曰《のたま》はく、「人皆《ひとみな》志《こころざし》有《あ》りて、好《この》む所《ところ》同《おな》じからず。朕《われ》、去《さ》りぬる春《はる》よりこの樹《き》を翫《もてあそ》ばむと欲《おも》へれども、賞翫《しやうぐわん》するに及《およ》ばず。花葉《くわえふ》遽《には》かに落《お》ちて、意《こころ》に甚《はなは》だ惜《を》しむ。各《おのおの》春《はる》の意《おもひ》を賦《ふ》して、この梅樹《うめのき》を詠《よ》むべし」とのたまふ。文人《ぶんじん》卅人、詔《みことのり》を奉《う》けたまはりて賦《ふ》す。因《より》て五位已上には絁《あしぎぬ》廿四、六位已下には各《おのおの》六匹を賜《たま》ふ。

（『続日本紀』天平十年七月条）

土屋『私注』がこの記事と当該歌の題詞の「独り天漢を仰ぎて」という文言とを関連させ、「家持は未ださうした席に招かれることもなく、独り家居したのであらう」と述べて以来、諸注それに従う。

さて、中国の七夕伝説ではカササギが橋を成し、織女が輿に乗って牽牛に会いに行くことになっている。『懐風藻』中の七夕詩でも、

鳳蓋風《ほうがいかぜ》に随《したが》ひて転《うご》き　鵲影波《じやくえいなみ》を逐《お》ひて浮《う》かぶ　（三三「七夕」藤原史《ふぢはらのふひと》）
仙期《せんき》織室《しよくしつ》に呈《あら》はれ　神駕河辺《しんがかへん》を逐《お》ふ　（七六「七夕」百済公和麻呂《くだらのきみやまとまろ》）

とある。それに対して『万葉集』七夕歌では、

ひさかたの天《あま》の川瀬《かはせ》に舟浮《ふねう》けて今夜《こよひ》か君《きみ》が我《わ》がり来《き》まさむ　（巻八・一五一九）
彦星《ひこぼし》の川瀬《かはせ》を渡《わた》るさ小舟《をぶね》のえ行《ゆ》きて泊《は》てむ川津《かはづ》し思《おも》ほゆ　（巻十・二〇九一）

などのように牽牛が渡河して織女に会いに行くと詠まれる例がほとんどである。これは日本での妻問婚の習俗を反映したものと言われているが、「漢詩と和歌という文芸様式の差」(2)が根底にあるのであろう。
そのような七夕歌の中で、少数ながら織女が渡河してくると詠む例がある。

ひさかたの　天《あま》の川《がは》に　上《かみ》つ瀬《せ》に　玉橋渡《たまはしわた》し　下《しも》つ瀬《せ》に　舟浮《ふねう》けすゑ　雨降《あめふ》りて　風吹《かぜふ》かずとも
風吹《かぜふ》きて　雨降《あめふ》らずとも　裳濡《もぬ》らさず　止《や》まず来《き》ませと　玉橋渡《たまはしわた》す　（巻九・一七六四）
天《あま》の川棚橋渡《がはたなはしわた》せ織女《たなばた》のい渡《わた》らさむに棚橋渡《たなはしわた》せ　（巻十・二〇八一）

天の川

織女が渡ってくる橋は本来カササギの橋であるが、これらでは「玉橋」「舟（舟橋）」「棚橋」を渡ってくると詠まれている。本家の七夕伝説に一歩近づいた詠み方ではある。

だが、織女が舟に乗ると詠む例は当該歌のみである。「七夕伝説は、様々の想像を加へて詠まれてゐる」（佐佐木『評釈』）などとも言われるが、織女が舟に乗るとする歌は一首しか存しないことが気に掛かる。

この問題については古く『古義』が触れていたが、ここでは小野寛氏の論を紹介したい。氏は、当該歌は山上憶良の七夕歌、

彦星《ひこぼし》の妻迎《つまむか》へ舟《ぶね》漕《こ》ぎ出《づ》らし天《あま》の河原《かはら》に霧《きり》の立《た》てるは
（巻八・一五二七）

を継いだ作であろうと述べ、以下のように根拠を示す。

〔憶良〕　彦星の迎え舟漕ぎ出すらしい↓霧が立つ
〔家持〕　織女が　　舟乗りするらしい↓雲が立ち渡る

彦星の迎え舟が対岸に着いて、織女がその舟に乗るのである。その間に立ちこめた霧は雲になったのである。また、憶良の七夕歌の左注の一つ、

右、天平元年七月七日夜、憶良仰㆓観天河㆒。（巻八・一五二三左）

が家持の三九〇〇の題詞に類似していること、また、天の川を「天漢」と表記するのは憶良の歌に始まることも、家持が憶良の七夕歌に学んでいることを確信させるのである。(3)

家持は宮中の催しに列することができず、「独り天漢を仰」いでいた。しかし、そうであったからこそ時空を超えて憶良歌に和そうとしたのだと言えようか。

◆三　天平十三年四月三日

霍公鳥《ほととぎす》を詠《よ》める歌《うた》二首

橘《たちばな》は常花《とこはな》にもが霍公鳥棲《す》むと来鳴《きな》かば聞《き》かぬ日《ひ》なけむ　（巻十七・三九〇九）

玉《たま》に貫《ぬ》く楝《あふち》を家《いへ》に植《う》ゑたらば山霍公鳥《やまほととぎす》離れず来《こ》むかも　（巻十七・三九一〇）

右は、四月二日に、大伴宿禰書持《おほとものすくねふみもち》、奈良《なら》の宅《いへ》より兄家持《あにやかもち》に贈《おく》れり。

橙橘《たうきつ》初《はじ》めて咲《さ》き、霍鳥《くわくてう》翻《かけ》り嚶《な》く。この時候《じこう》に対《むか》ひて、詎《なに》ぞ志《こころざし》を暢《の》べざらむ。よりて三首の短歌を作り、もちて鬱結《うつけつ》の緒《こころ》を散《ち》らさまくのみ。

あしひきの山辺《やまへ》に居《を》れば霍公鳥木《こ》の間《ま》立《た》ち潜《く》き鳴《な》かぬ日《ひ》はなし　（巻十七・三九一一）

霍公鳥何《なに》の心《こころ》そ橘《たちばな》の玉貫《たまぬ》く月《つき》し来鳴《きな》き響《とよ》むる　（巻十七・三九一二）

霍公鳥棟《あふち》の枝《えだ》に行《ゆ》きて居《ゐ》ば花《はな》は散《ち》らむな玉《たま》と見《み》るまで　（巻十七・三九一三）

右は、四月三日に、内舎人《うどねり》大伴宿禰家持、久邇《くに》の京《みやこ》より弟《おとうと》書持《ふみもち》に報《こた》へ送《おく》れり。

この贈答の前に置かれている境部老麻呂《さかひべのおゆまろ》の久邇京讃歌（巻十七・三九〇七～八）の左注に「十三年二月」と作歌年月が記されていることから、これらも同年（天平十三年）の作と見られる。家持二十五歳。左注にあるように内舎人として久邇京にあった。

「ホトトギス」の語を詠み込んだ歌は集中百五十四首。さらに語自体は登場してはいないもののホトトギスを詠んだと思われる歌が数首存する。その内、家持の用例は六十四首。一般的には家持鍾愛の鳥であったと言われているが、本書で内田氏が述べているような理解が恐らく正しい（五十頁）。

家持歌三首を理解するためにも、書持の贈歌から見ていきたい。

第一首は、タチバナはずっと咲き続ける花であって欲しい、ホトトギスがそこに住もうとてやって来て鳴くならその鳴き声を聞かない日はあるまい、というほどの意。第二首は、玉として貫くセンダンを家に植えたならば、ホトトギスは去ってゆくことなく来てくれるだろうか、というほどの意。二首ともホトトギスにずっと身近にいてほしいという思いを詠んだ歌である。

集中ホトトギスを詠んだ最初の歌は額田王《ぬかたのおほきみ》と弓削皇子《ゆげのみこ》との贈答（巻二・一一一〜一一三）だが、一般的に詠まれるようになるのは奈良時代以降である。それらは巻八と巻十とにまとまって収載されている。その詠まれ方としては、一つに、

あしひきの山霍公鳥汝《な》が鳴けば家《いへ》なる妹《いも》し常《つね》に偲《しの》はゆ（巻八・一四六九）

もの思《おも》ふと寝《い》ねぬ朝明《あさけ》に霍公鳥鳴《な》きてさ渡《わた》るすべなきまでに（巻十・一九六〇）

など、その鳴き声が恋情を刺激するという体のものが挙げられる。これをAグループとしてみよう。

藤波《ふぢなみ》の散《ち》らまく惜《を》しみ霍公鳥今城《いまき》の岡《をか》を鳴《な》きて越《こ》ゆなり（巻十・一九四四）

霍公鳥花橘《はなたちばな》の枝《えだ》に居《ゐ》て鳴《な》き響《とよ》もせば花《はな》は散《ち》りつつ（巻十・一九五〇）

などは、「藤波」「橘」と言った季節の花と取り合わせられ、ホトトギスは夏特有の歌材として捉えられている。Bグループとしておく。

そうして、Bグループの歌が展開すると、ホトトギスそれ自体に執するような歌も登場してくる。Cグループとしよう。

五月山《さつきやま》卯《う》の花月夜《はなづくよ》霍公鳥聞《き》けども飽《あ》かずまた鳴《な》かぬかも　（巻十・一九五三）

霍公鳥厭《いと》ふ時《とき》なし菖蒲草蘰《あやめぐさかづら》にせむ日《ひ》こゆ鳴《な》き渡《わた》れ　（巻十・一九五五）

書持の当該二首はCグループに分類されようが、その中にあってもホトトギスにずっといて欲しいと詠む二首は異質なものを感じさせる。確かに、

橘《たちばな》の林《はやし》を植《う》ゑむ霍公鳥常《つね》に冬《ふゆ》まで棲《す》み渡《わた》るがね　（巻十・一九五八）

という例はあるが、そのような詠みぶりの歌は多くはない。(4)二首共にホトトギスへの執心を詠み、しかもそれを贈ってくるというあたり、書持は何らかの意図を込めたのではないかと想像されてくる。

これについて様々な説が出されているが、正しい理解であると思われるのは鉄野昌弘氏の論である。天平一三年四月は、広嗣の乱を契機に聖武が平城京を去って、既に半年になる。続紀によれば、この年の元旦朝賀は、新たに造営された久邇京で行われ、閏三月一五日には、五位以上の官人に、平

ホトトギス（木彫）

城京に住むことが禁じられている。内舎人であった家持と逢えないのは無論のこと、主だった者は皆、書持の周囲から去っていっただろう。端的に言って、書持の二首は、霍公鳥への恋着を執拗に述べることで、霍公鳥以外に向き合う相手のいない自己の状況とその孤独感を語る歌なのではなかろうか[5]。

また鉄野氏は「楝」は「橘」よりも花期が後まで続くこと、そうして「喬木である楝が、本来、山野のもので、「宅」の庭などに植えるもので」なかったことに触れ、だからこそ、「橘や卯の花のような普通に取り合わされる花ではとどめがたい霍公鳥が、楝でも植えてみたら、万が一でも通い続けるのではないか」という意図があったと述べている。

そのような心情を含んだ書持の歌に家持はどう応じたか。

一首目は、橋本『全注』・伊藤『釈注』が言うように書持の贈歌二首に総括的に答えた作と見られる。山住まいであるのでホトトギスの声を聞かない時はないという。「木の間立ち潜き」とは稀な表現だが、これは「霍公鳥がたいして羽ばたきもせずに木の間を抜ける」さまの描写なのであろう[6]。家持の細やかな観察眼がうかがえる表現である。

二首目は、ホトトギスはどういうつもりなのか、タチバナの咲く月にこそやって来て鳴き声を響かせるよ、というほどの意。この二者を取り合わせた書持の一首目に応じている。

ただ、この「月」だが、はたして何月を指しているのかが議論されている。当該歌が詠まれたのは、左注にもあるように四月だが、「橘の玉貫く月」とは五月五日の節に薬玉を作る行事を念頭に置いた表現であるとすると、これは五月を指すということになる。また、この年は閏三月があったため、「四月は例年の五月のやうな気節」（鴻巣『全釈』）であったとする理解も散見する。

諸説入り乱れる中、松田聡氏は集中の「玉（に）貫く」の用例を検討した上で、それらは「五月に関わる表現と見るべき」と述べ、当該歌の「橘の玉貫く月」もまた五月であると結論づけた。(7)

「橘の花貫く月し」の「し」はそれが接続する語を強める助詞だが、ここではむしろ、……ダケ、……シカというニュアンスであろう。つまり、ホトトギスは、ずっと来てほしいのに「橘の花貫く月」＝五月しか来ない、「何の心そ（どういうつもりなのか）」とホトトギスを非難することで、書持に寄り添おうとしている歌であると理解される。

三首目は、ホトトギスがセンダンの枝に留まったならば花は散るだろうなあ、玉と見違えるばかりに、というほどの意。これはホトトギスにセンダンを取り合わせた書持の二首目に応じている。書持の言う「玉」は「貫く」と言っていることから薬玉であろうが、家持の言う「玉」は薬玉ではあるまい。「X

と見るまでにy」という語句を持つ歌は当該歌を除き集中八首。そのすべてが、yを、yとは実際的に無関係なxに見立てた表現であることから、この「玉」も薬玉ではなく宝珠・真珠の意で用いていると理解するのがよい。

書持がいた「奈良の宅」には、「楝を家に植ゑたらば」とあるようにセンダンは植わっていなかったのであろう。家持はその設定に乗り、さらに仮定を上乗せして、且つ「玉」を変換させて美的な景を描き出したのだと言える。

以上、書持・家持の贈答歌群を見てきたが、書持の二首が「奈良の宅」に残されている自身の孤独を兄に訴える作であったとするならば、家持の三首は弟を慰める作とは言いがたいようにも見える。

しかし、当該三首もまた兄が心情を託した作として読むべきなのであろう。その根拠となるのが題詞である。最初の一文、「橙橘初めて咲き、霍鳥飜り嚶く」は、「橙橘」の開花と「霍鳥」の到来によって夏の到来を喜ぶものとまずは読めるのだが、鉄野氏が指摘したように、この対句中の「咲」「嚶」には、漢籍の用例に照らせば「花鳥を擬人化・有情化して、その交遊を述べる」意が込められていた。(8) それは逆の情況にある人間を照らし出す効果を発揮している。つまり、この一文は単なる景の描写ではなく、交遊の相手が不在である自身の境遇を暗示するものであったのである。そうであればこそ、彼は眼前の景(「この時候」)に面することで「志を暢べ」ようと述べたのであった。小野寛氏によれば、「暢」は「述」と異なり、「心」を伸べ晴らすことであった。(9) そうしてその「心」とは、「閉塞感と孤独感の謂い」(鉄野)である所の「鬱結の緒」であり、それを「散」じる（＝「志を暢」ぶ）手段として家持は「三首の短歌を作」ったということになる。

書持が孤独であったように、家持もまた孤独を感じていた。孤独でない者が孤独な者を慰めるような形で家持は書持を慰めることはできない。そこで兄は弟に寄り添おうとする。具体的には弟の歌の語句や発想を受け入れて、それにこまやかに応じることによって心を通わせようとしたのであろう。

書持は病弱であったと覚しく、この贈答の二年後に没する。家持が弟を思う気持ちはかねてより並々ならぬものがあったと想像される。

四　天平十六年四月五日

十六年の四月五日に、独《ひと》り平城《なら》の故宅《こたく》に居《を》りて作れる歌六首

橘《たちばな》のにほへる香《か》かも霍公鳥鳴《な》く夜《よ》の雨《あめ》にうつろひぬらむ　（巻十七・三九一六）

霍公鳥夜声《よごゑ》なつかし網刺《あみさ》さば花《はな》は過《す》ぐとも離《か》れずか鳴《な》かむ　（巻十七・三九一七）

橘《たちばな》のにほへる園《その》に霍公鳥鳴《な》くと人告《ひとつ》ぐ網刺《あみさ》さましを　（巻十七・三九一八）

あをによし奈良《なら》の都《みやこ》は旧《ふ》りぬれど本霍公鳥《もとほととぎす》鳴《な》かずあらなくに　（巻十七・三九一九）

鶉鳴《うづらな》く古《ふる》しと人《ひと》は思《おも》へれど花橘《はなたちばな》のにほふこのやど　（巻十七・三九二〇）

杜若衣《かきつはたきぬ》に摺《す》りつけ大夫《ますらを》の着《き》襲《そ》ひ猟《か》りする月《つき》は来《き》にけり　（巻十七・三九二一）

右は、大伴宿禰家持作れり。

巻十七冒頭補遺部の最終歌群である。家持二十七歳。

題詞とその背景の情報は様々な推測を掻き立てる。この年の閏一月、聖武天皇は久邇京から難波宮に行幸、さらに翌二月二十四日、元正上皇・橘諸兄を難波に残して紫香楽宮に行幸する。そうして同二十六日に難波を都とする詔を発するのだが、天皇に近仕する内舎人であったはずの家持が「独り平城の故宅に居」たのは何故であろうかという疑問が湧く。

手がかりとなりそうなのが左注である。前節で見た歌群には「右は、四月三日に、内舎人大伴宿禰家持……」とあったが、当該歌群には「右は、大伴宿禰家持作れり」としか記されていない。この時家持は内舎人の任を解かれていた可能性がある。

実は難波行幸の途次、安積皇子が薨じている（閏一月十三日）。当時すでに阿倍皇女（後の孝謙天皇）が立太子していたが、安積皇子は藤原の血を引いていなかったため、諸兄を始めとする藤原氏以外の人々によって、阿倍皇女の次の天皇に、というような期待を寄せられていた存在であったらしい（女帝は中継ぎという面が強かった）。家持は先に安積皇子と宴席を同じくしたこともあり（巻六・一〇四〇）、二月三日と三月二十四日の二度に渡って挽歌を詠作している（巻三・四七五～四八〇）。彼の悲嘆は深かったと見られる。

家持が「独り平城の故宅に居」たのは以上の政治的動揺が何らかの形で関わっていたものとも推察されるが、実情は不明であるとするしかない。

歌を見ていこう。第一首はタチバナとホトトギスとを取り合わせる。前節で触れたように家持にはホトトギスを主題に詠んだ歌が多いが、当該歌はタチバナに重心が置かれている。しかも、この歌は花の香りを詠んでいることが特筆される。集中、明らかに嗅覚を詠んだとされる歌は、

高円《たかまと》のこの峰《みね》も狭《せ》に笠立《かさた》てて満《み》ち盛《さか》りたる秋《あき》の香《か》のよさ　（巻十・二二三三）

梅《うめ》の花香《はなか》をかぐはしみ遠《とほ》けども心《こころ》もしのに君《きみ》をしそ思《おも》ふ　（巻二十・四五〇〇）

の二首のみ。しかも二二三三番歌は茸（マツタケか）の香りであるし、四五〇〇番歌は天平宝字二年（七五八）の作である。花の芳香は中国詩文に頻出するが、歌に詠んだのは実質的に家持が初めてであった。橋本達雄氏の、

家持が作歌に踏み出した頃から大陸風の文雅に憧れ、新しい境地や表現を積極的に開拓していることについてはこれまでもしばしば述べてきたところであるが、この歌（※三九一六番歌――引用者注）もまさしくその延長上にあり、新しい美意識を和歌の上に定着せしめようとした意欲的な作であったということになる。(10)

という理解が正鵠を射ている。

ただ、この「新しい美意識」にはどことなく寂寥感が漂っているようにも見える。作中の時間は夜である。且つ雨が降っている。そのような情況の中で家持は「橘のにほへる香」が失せてしまったであろうかと推測している。つまり、花の香りを表現していながら家持はそれを嗅いではいない。さらに言えばそれは失われさえしてしまったかも知れない。かくして、初めて花の香りが詠まれた和歌は、その不在に傾斜した形で表現されるというアイロニックな作になっているのだが、場面設定と失われたもの（より正しく言えば失われたろうかという不安）を詠むという歌のあり方から、ホトトギスの声を耳にして屋内に一人佇む家持の姿が浮かび上がってくるのである。

第二首はホトトギスの鳴き声を愛でた作。「夜声」とあることから、第一首の設定を引き継いでいると見られ、そうであるならばこの「花」もタチバナである可能性が高い。さらに、「網ささば」「花は過ぐとも」と仮定を重ねる構成は、第一首において家持が受感しているのがホトトギスの声だけであったことと連絡していよう。雨に降り込められた夜の中にあって、彼が「なつかし」く聞こえてくるホトトギスの声から想念を展開させているのがこの第二首であると読める。

第三首、「橘のにほへる園」とある。巻八の家持の歌に、

うち霧《き》らし雪《ゆき》は降《ふ》りつつしかすがに我家《わぎへ》の園《その》に鶯鳴《うぐひすな》くも　（巻八・一四四一）

という作があることもあり、これも自邸の庭園とする説明が多いのだが、「前の歌と同様の内容を歌っている」（武田『全註釈』）という理解でよいのかという疑念が残る。また、その場合の、自邸の「園」でホトトギスが鳴いたことを「人」が「告」げてきたという表現も奇妙である（一四四一番歌ではウグイスの鳴き声を直接聞いている）。

この点を考察してみたい。家持に以下のような歌がある。

霍公鳥鳴《な》き渡《わた》りぬと告《つ》ぐれども我聞《われき》き継《つ》がず花《はな》は過《す》ぎつつ　（巻十九・四一九四）

ここにして　背向《そがひ》に見《み》ゆる　我《わ》が背子《せこ》が　垣内《かきつ》の谷《たに》に　明《あ》けされば　榛《はり》のさ枝《えだ》に　夕《ゆふ》されば　藤《ふぢ》の
繁《しげ》みに　遥々《はろはろ》に　鳴《な》く霍公鳥　我《わ》がやどの　植木橘《うゑきたちばな》　花《はな》に散《ち》る　時《とき》をまだしみ　来鳴《きな》かなく　そ
こは怨《うら》みず　しかれども　谷片《たにかた》づきて　家居《いへゐ》せる　君《きみ》が聞《き》きつつ　告《つ》げなくも憂《う》し（巻十九・四二〇七）

我《わ》がここだ待《ま》てど来鳴《きな》かぬ霍公鳥独《ひと》り聞《き》きつつ告《つ》げぬ君《きみ》かも　（巻十九・四二〇八）

四一九四番歌は「更に霍公鳥の哢くことの遅きを怨みたる歌三首」という題詞を持つ歌群の中の一首。何者かが家持に「霍公鳥鳴き渡りぬ」と「告」げたのだが、自分はそれを「聞き継」ぐことができていないと不満を述べた歌である。四二〇七・四二〇八番歌は、「廿二日に、判官久米朝臣広縄に贈れる霍公鳥の怨恨の歌一首并せて短歌」という題詞を持つ長反歌。下僚の久米広縄に対し、ホトトギスの鳴き声を聞いたであろうにも関わらずそれを「告」げてこないことを怨じている。いずれも当該歌より後の例だが、「告」げられる（べき）ものは、他所でホトトギスが鳴いたという情報である。これらの例に鑑みれば、当該歌の「園」は自邸の庭園ではないのではないか。

家持は第二首でホトトギスが「花は過ぐとも離れず」鳴き続けてくれることを望んでいた。にもかかわらず、今はホトトギスが「橘のにほへる園」にいると人が告げてきた、つまりそちらに移っていってしまったということをこの歌は述べているのではないか。「網刺さましを」は第二首の「網刺さば」という発想を実行に移さなかったことに対する後悔の念を表現した語句と考える。

なお、川口常孝氏は、家持のホトトギス詠は（前節で見た）書持との贈答が発端であったと説き[11]、村瀬憲夫氏も基本的に川口説を支持し、家持の三九一七番歌は書持の三九〇九番歌に共通していると述べる[12]。稿者もまた当該歌群の第二・三首に書持の影響を認めるが、それと共に、書持の二首が自己の孤独を訴える作であったのと同様に、家持に於いてもホトトギス偏愛の表現は自己の孤独感の表出として機能していると見られることを指摘しておきたい。

さて、かくして家持がいる「宅」でも「橘のにほへる園」でもホトトギスは鳴いたのであったが、それを以て「奈良の都」ではホトトギスが鳴いていると述べるのが第四首である。「本霍公鳥」とは「古くから聞き慣れ、親しんだホトトギスの意」（『新大系』）である。

第五首は、第四首で「奈良の都」が古びてしまったことを承け、「このやど」についても「人」は古びてしまったと思っているであろうと想像するも（「人」は今は平城を後にして難波や久邇・紫香楽にある人々のことであろう）、「このやど」では「花橘」が美しく咲いていると述べる。家持一人その美しさを愛でている趣である。「鶉鳴く」は「古し」にかかる枕詞だが、ここでは第四首の「本霍公鳥鳴かずあらなくに」から連想が働いて選択された語であると考えられる。今でもホトトギスは鳴くが、皆は「鶉鳴く」と思っているのだろうなという気持ちが込められていよう。

第六首、「大夫」が着飾って行う「猟り」は五月五日の薬猟のこととされているが、当該歌群は左注にあるように「四月五日」に詠まれている。時期が一致しないことが気になるが、「……　四月と　五月との間に　薬猟り　仕ふる時に　……」（巻十六・三八八五）という歌の表現があることを考え合わせると、薬猟は四月にも行われることがあったのであろう。また、この年（天平十六年）は閏一月があったことも関わっていようか。

しかし当該歌は、タチバナやホトトギスを詠み連ねてきたそれまでの五首とは相貌を異にしている。何故家持は急に主題を変じたのであろう。このことについて前掲橋本論は、

皇子を失った孤独感、および大方の内舎人たちは天皇に供奉しているのに、自分だけがはずれているという孤独感から、感傷に浸りつつ主題を展開させてきた家持は、最後にその孤独感をふり払うように気持を立て直し、公人としての自覚から、花やかな薬猟の楽しさに思いを馳せ、宮廷生活に

復帰する憧れを述べて全体を引きしめようとしたものと考えられる。

と説明、阿蘇『全歌講義』などもこの理解に副っている。他方、伊藤『釈注』は、橘と時鳥とを通して久邇の都の情景を思いやったところから導かれた（※引用者注――伊藤氏は第一首を久邇京を想像して詠んだ作と解釈しているが、稿者は取らない）、平城の旧宅での感慨を述べる前四首から一転して、宮廷の仲間たちに思いを馳せた歌である。……ここには、そのはなやかな薬猟に参加できず、独り平城の旧宅にこもる無念の思いが押し出されている。その点、題詞にいう「独り平城の故宅に居りて」の孤独感が最もあらわである。

という解釈を下している。

整理すれば、橋本説は自身を鼓舞する歌と捉え、伊藤説はより孤独に沈む歌と捉えているということになる。稿者の理解は伊藤説に近いものの、なお述べたいことがある。

吉村誠氏は、家持の安積皇子挽歌中に、

……　我《わ》ご大君《おほきみ》　皇子《みこ》の命《みこと》　もののふの　八十伴《やそとも》の男《を》を　召《め》し集《つど》へ　率《あども》ひたまひ　朝猟《あさか》りに　鹿猪《しし》踏《ふ》み起《お》こし　夕猟《ゆふか》りに　鶉雉《とり》踏《ふ》み立《た》て　……（巻三・四七八）

と、狩りを詠んだ表現が登場することに着目、「家持にとって安積皇子と「狩」は密接な形で結びついていると思われる」と述べ、以下のように結論づけた。

つまり家持歌にある「大夫の着襲ひ狩」は、家持にとって安積皇子を中心とする久邇京時代の宮廷人たちの薬狩をさしているということになろう。[13]

これについて阿蘇瑞枝氏は、柿本人麻呂の阿騎野遊猟歌群（巻一・四五～九）の第四反歌、

日並皇子《ひなみしのみこ》の命《みこと》の馬並《うまな》めてみ猟《か》り立《た》たしし時《とき》は来向《きむ》かふ　（巻一・四九）

を引いて、当該歌はこれに通じていると指摘するも、「三九二一の「ますらを」は、安積皇子とは無関係にも考えられます」と、吉村説には否定的な立場を取る。[14]

確かに、「皇子」と「大夫」、狩りと薬猟とは異なる。しかしながら当該歌と四九番歌との構成の類似性は無視し得ないのではないか。稿者は、家持はこの人麻呂歌を踏まえたと考えるのだが、安積皇子挽歌第二歌群を詠作してから二週間程度しか経っていない時点にあって、家持が歌の結構だけを学び、その主題は捨象したとは考えがたい。彼が四九番歌を踏まえたということは、「皇子」という主題を選択したということに他なるまい。吉村氏の説の方向性は正しいと思われる。

ただ、吉村氏は右の引用に続いて、「結局、この歌は、安積皇子が参加した遊猟に対する回帰性を述べているということになり、言い換えると安積皇子を中心とした久邇京時代への懐古が心情の中心とな

っていると言える」と述べるのだが、歌の表現が「着襲ひ猟する月（服曽比猟須流月）」となっていること、過去形ではなく現在形となっていることは見逃せない。『新編全集』の「慣例的事実を現在形で表しただけで、薬狩が実際に行われたわけではなかろう」という注も示唆的である。つまり当該歌は、過去のある時点で安積皇子が薬猟を催したかどうかは別にして、かかる行事が行われるべき月が来たが、そうであるにもかかわらず、安積皇子の不在によりそれは今や空しいという思いを表した作と読むべきである。即ち、歌の重心は過去の追懐にではなく、現在の空漠に置かれているのではないか。

安積皇子いませば「大夫」は着飾って狩りに出たであろう、その晴れやかな姿の「大夫」には家持自身も含まれていたであろう――この「大夫」は右に一部に引いた安積皇子挽歌の後半の「大夫《ますらを》の　心《こころ》振《ふ》り起《お》こし　剣太刀《つるぎたち》　腰《こし》に取《と》り佩《は》き　梓弓《あづさゆみ》　靫《ゆき》取《と》り負《お》ひて」（巻三・四七八）いつまでもお仕えしようと述べた意識とも無関係ではないはずである。そうして、家持が学んだであろう人麻呂の阿騎野遊猟歌の「時は来向かふ」は、草壁（過去）と軽（現在）とが重なり合い、今まさに出猟する瞬間を表現する語句であったのに対し、当該歌の「時は来にけり」は、時節は到来したものの、それが理想的な形ではなかったという無念の思いを込めた語句と解釈される。

当該歌で家持はあり得べきであった現在を描いた。それは「独り平城の故宅に居」た彼の想念が辿り着いたイメージであったと考える。

五 まとめとして

本稿の「はじめに」で、巻十七の冒頭三十二首を「第一部の補遺」と述べたが、これらの意味づけに関しては様々な説が出されている。[15] 市瀬雅之氏は、これらが「巻十六以前の巻に収められた歌々と時間を重ね合わせており」、巻十七は「巻十六以前との隔絶が強く意識されるような構造を抱えていればこそ」、「その隔絶をつなぎ止め結びつけるために必要であった」と説く。[16]

また鉄野昌弘氏は、冒頭三十二首は「「歌日誌」部分に繋がるように選択されていると見られ」、「主題的に、越中時代の孤独と交友、そして書持の死と、明らかに連続的であると思う」と述べる。[17]

市瀬氏は巻十六以前との繋がりを、鉄野氏は「歌日誌」との繋がりをより重視するが、いずれも当該三十二首の意味を相補的に説明し得ていると言える。つまり、これらは補遺ではあるものの、巻一～十六の編纂段階で漏れた歌をただ集めて年代順に並べたものではなく、家持の編纂意図の下に選択されたものと考えられるのである。

そうであるとすれば、この巻十七冒頭補遺歌群に於ける家持の姿もまた、彼自身によって意識的に造形されたものであろうと推測されることになろう。

家持が題詞・左注に「独」の字を用いたのは、越中以前二例、越中時代二例、越中以後四例の計八例であり、単純に歌数に還元するとそれぞれ七首、三首、十六首となる。彼の歌数を作歌時期毎に示すと、越中以前百五十八首、越中時代二百二十三首、越中以後九十二首だが、「独」の歌の比率は、4・4％、1・3％、17・3％になる。越中以後が格段に高い比率となっている。

とは言え、越中以前の「独」の例は第一部（巻十六以前）には見えない。その二例七首は本稿の第二・四節で考察した二歌群七首（巻十七・三九〇〇、三九一六～三九二一）である。越中以前の「独」の例は巻十七冒頭補遺歌群中にのみ存するのである。

本稿の第三節で検討した書持への答歌（巻十七・三九一一～三九一三）が、交友を求めながらそれが果たされないという情況を物語ろうとするものであったこともここで思い合わせたい。即ち、巻十七冒頭補遺歌群に於ける家持の像は彼自身によって意識的に造形されたものであろうと右に述べたが、その姿、彼が特に示そうとした越中以前の自画像は「独」というものなのであった。(18) 越中時代は「独」のトーンが低下するが、越中以後は再度高まるのであり、(19) 越中以前・以後の家持と越中時代の家持とは、「独」という点に於いて〈濃――淡――濃〉というような際やかな対比を成すことが知られるのである。

越中以前、「独」であった家持。確かにそれは彼の自己演出ではある。しかしそのような演出を施した時点においての彼の心性は――それを孤独と呼び得るか否かは別にしても――確かに屈折していたと認めることは可能であろう。そうしてかかる演出が可能であったのも、巻十七冒頭補遺歌群もすでに「歌日誌」の内にあったがゆえであった。「序奏」と題した所以である。

注1　家持の内舎人任官は天平六年（七三四）とする説がある。佐藤美知子「萬葉集中の国守たち――家持の内舎人から越中守時代について――」『萬葉』一一二号　一九八三、小野寛編著『万葉集をつくった大伴家持大事典』笠間書院　二〇一〇、など。

2　大浦誠士「たなばた」青木生子他編『万葉ことば事典』大和書房　二〇〇一

3　小野寛「独詠述懐――家持の自然詠――」『大伴家持研究』笠間書院　一九八〇　初出一九七六

4　時期的にこれより後には、次の節で見る家持の歌（17・三九一七、三九一八）があり、また越中時代の家持歌、

霍公鳥聞《き》けども飽《あ》かず網取《あみと》りに獲《と》りて懐《なつ》けな離《か》れず鳴《な》くがね　（巻十九・四一八二）

霍公鳥飼《か》ひ通《とほ》せらば今年経《ことしへ》て来向《きむ》かふ夏《なつ》はまづ鳴《な》きなむを　（巻十九・四一八三）

などがある。

5　鉄野昌弘「詠物歌の方法――家持と書持――」『大伴家持「歌日誌」論考』塙書房　二〇〇七　初出一九九七

6　稲岡耕二「家持の「立ちくく」「飛びくく」の周辺――万葉集における自然の精細描写表現――」『万葉集の作品と方法』岩波書店　一九八五　初出一九六三

7　松田聡「家持と書持の贈答――「橘の玉貫く月」をめぐって――」『家持歌日記の研究』塙書房　二〇一七　初出二〇一六

8　鉄野前掲論文

9　小野寛「あに志を暢べざらめや」『万葉集歌人摘草』若草書房　一九九九　初出一九八二

10　橋本達雄「連作二題」『大伴家持作品論攷』塙書房　一九八五　初出一九八二

11　川口常孝「家持の〝あはれ〟――越中の一つの事例――」『人麿・憶良と家持の論』桜楓社　一九九一

初出一九七三
12 村瀬憲夫「大伴家持とほととぎす」『青須我浪良』二六号　一九八三
13 吉村誠「「独居平城孤宅作歌」の意味」『大伴家持と奈良朝和歌』おうふう　二〇〇一　初出一九八六
14 阿蘇瑞枝「独詠歌をめぐる問題について」大久間喜一郎編『高岡市万葉歴史館叢書14　家持の争点Ⅱ』二〇〇二
15 村瀬憲夫氏が「伊藤博著『萬葉集の構造と成立』の顕彰と検証」（市瀬雅之・城﨑陽子・村瀬憲夫『万葉集編纂構想論』笠間書院　二〇一四　初出二〇一一）にて諸説を整理・検討しており、参考になる。
16 市瀬雅之「巻十七冒頭三十二首の場合」市瀬他前掲書　初出二〇一〇
17 鉄野昌弘「大伴家持論（前期）」鉄野前掲書　初出二〇〇二
18 ただし、天平十八年閏七月越中赴任の前に（本書で坂本氏が論じている）同年正月の白雪応詔歌群（巻十七・三九二二〜三九二六）が置かれており、家持が全く「独」であったとは言えない。しかし、白雪応詔歌群が晴れがましい出来事のドキュメントとして読み取れるのも――むしろそう読むべきなのであろう――、本稿で見てきた三歌群が「独」の相を帯びているからであろう。
19 ここで想起されるのが新沢典子氏の論である。新沢氏は家持歌に見られる「思ふどち」の語を検討し、「帰京後、家持は、越中在任中に繰り返し使用した「思ふどち」の表現を一度も使わなかった」と述べる（「越中における「思ふどち」の世界」『万葉歌に映る古代和歌史』笠間書院　二〇一七　初出二〇〇一）。

※『万葉集』の本文は多田一臣『万葉集全解』に拠ったが、一部私に改めた箇所がある。

大伴家持の工夫

――越中守以前の表記から――

関　隆司

一　はじめに

漢字のみで記された万葉歌を訓《よ》み解く「訓詁」は、万葉学の第一歩である。その上に、万葉歌の解釈・鑑賞などが成り立っている。長い時を経ている万葉学の中で、さまざまな手法で訓み解かれた万葉歌は、一度「定訓」が得られると、読みやすい漢字かな混じり文に書き換えられ、万葉集の原型とは異なる形で万葉歌が定着していってしまう。しかしながら、万葉歌が五音・七音を基本とする定型詩であるため、歌の解釈を元に漢字の訓みが決められている場合が多々あるのも事実である。

一方、万葉歌を書き記した人物は、その「表記」にさまざまな思いを込めて、工夫をしている可能性がある。万葉集の編纂に大きく関わったと考えられる大伴家持の歌の表記には、どのような工夫があるのだろうか。まずは、大伴家持が越中に赴任するまでの歌の用字を中心に眺めてみよう。

◆二「齋忌志伎」

万葉集の巻三に、大伴家持が安積親王の不慮の死を悲しんで詠んだ天平十六年二月三日と三月二十四日の、長歌二首短歌四首に及ぶ挽歌がある。

上段に『大伴家持大事典』で示した本文、下段にその元となった原文を対照して掲げると次のようになる。

十六年甲申の春二月、
安積皇子の薨ぜし時に、
内舎人大伴宿禰家持の
　作る歌六首
かけまくも　あやに恐し
言はまくも　ゆゆしきかも
我が大君　皇子の尊
万代に　食したまはまし

十六年甲申春二月
安積皇子薨之時
内舎人大伴宿祢家持
　作歌六首
挂巻母　綾尓恐之
言巻毛　齋忌志伎可物
吾王　御子乃命
萬代尓　食賜麻思

大日本　久邇の都は
うちなびく　春さりぬれば
山辺には　花咲きををり
川瀬には　鮎子さ走り
いや日異に　栄ゆる時に
逆言の　狂言とかも
白たへに　舎人よそひて
和束山　御輿立たして
ひさかたの　天知らしぬれ
臥いまろび　ひづち泣けども
せむすべもなし
（巻三・四七五）

我が大君　天知らさむと
思はねば　おほにそ見ける
和束杣山
（巻三・四七六）

大日本　久邇乃京者
打靡　春去奴礼婆
山邊尓波　花咲乎為里
河湍尓波　年魚小狭走
弥日異　榮時尓
逆言之　狂言登加聞
白細尓　舎人装束而
和豆香山　御輿立之而
久堅乃　天所知奴礼
展轉　浬打雖泣
将為須便毛奈思

吾王　天所知牟登
不思者　於保尓曽見谿流
和豆香蘇麻山

あしひきの　山さへ光り
咲く花の　散りぬるごとき
我が大君かも　（巻三・四七七）

右の三首、二月三日に作る歌

かけまくも　あやに恐し
我が大君　皇子の尊
もののふの　八十伴の男を
召し集へ　率ひたまひ
朝狩に　鹿猪踏み起こし
夕狩に　鶉雉踏み立て
大御馬の　口抑へ止め
御心を　見し明らめし
活道山　木立の茂に
咲く花も　うつろひにけり
世の中は　かくのみならし

足檜木乃　山左倍光
咲花乃　散去如寸
吾王香聞

右三首二月三日作歌

挂巻毛　文尓恐之
吾王　皇子之命
物乃負能　八十伴男乎
召集聚　率比賜比
朝獦尓　鹿猪践起
暮獦尓　鶉雉履立
大御馬之　口抑駐
御心乎　見為明米之
活道山　木立之繁尓
咲花毛　移尓家里
世間者　如此耳奈良之

大夫の　心振り起こし
剣大刀　腰に取り佩き
梓弓　靫取り負ひて
天地と　いや遠長に
万代に　かくしもがもと
頼めりし　皇子の御門の
五月蠅なす　騒く舎人は
白たへに　衣取り着て
常なりし　笑まひ振舞
いや日異に　変はらふ見れば
悲しきろかも
（巻三・四七八）

愛しきかも　皇子の尊の
あり通ひ　見しし活道の
道は荒れにけり
（巻三・四七九）

大夫之　心振起
劔刀　腰尓取佩
梓弓　靭取負而
天地与　弥遠長尓
萬代尓　如此毛欲得跡
憑有之　皇子乃御門乃
五月蝿成　驟驂舎人者
白栲尓　服取著而
常有之　咲比振麻比
弥日異　更經見者
悲呂可聞

波之吉可聞　皇子之命乃
安里我欲比　見之活道乃
路波荒尓鷄里

大伴の　名に負ふ靫帯びて
万代に　頼みし心
いづくにか寄せむ　（巻三・四八〇）

右の三首は、三月二十四日に作る歌

大伴之　名負靭帯而
萬代尓　憑之心
何所可将寄

右三首三月廿四日作歌

右の歌に見えるさまざまな表現の多くは、家持以前の万葉歌にみえているものであり、とくに親王の挽歌ということで、万葉集内最長の長歌としても有名な柿本人麻呂の「高市皇子挽歌」の影響が指摘されている。

たとえば、家持歌は、

かけまくも　あやに恐し　言はまくも　ゆゆしきかも　（巻三・四七五）
かけまくも　あやに恐し　（巻三・四七八）

と歌いだしているが、人麻呂歌には、

かけまくも　ゆゆしきかも　一に云ふ　ゆゆしけれども　言はまくも　あやに恐き　（巻二・一九九）

とある。このように並べてしまうと、家持歌は人麻呂歌の歌句の入れ替えをしただけに見えてしまうのだが、巻十三に収める「挽歌」と題された長歌も「かけまくも　あやに恐し」（三三二四）と歌い出しており、また、万葉集全体では、

かけまくも　あやに恐く　（神亀四年、巻六・九四八）
かけまくも　ゆゆし恐し　（天平十年、巻六・一〇二〇）
かけまくも　あやに恐き　（巻十三・三三二四）

などの例があり、単純に家持が人麻呂の表現を改変しただけのものとは言い切れない。
これらの表現を万葉集の原表記で比較してみると、次のようになる。

挂巻母　綾尓恐之　言巻毛　齋忌志伎可物　（家持、巻三・四七五）
挂巻毛　文尓恐之　（家持、巻三・四七八）
挂文　忌之伎鴨　一云　由遊志計礼抒母　言久母　綾尓畏伎　（人麻呂、巻二・一九九）

決巻毛　綾尓恐　言巻毛　湯〻敷有跡　（巻六・九四八）
繋巻裳　湯〻石恐石　（巻六・一〇二〇）
挂巻毛　文尓恐　（巻十三・三三二四）

このように並べると、家持歌の用字は単純に人麻呂歌の歌句を入れ替えただけではないことがわかるであろう。家持歌は、カケマクモの「母」、カシコシの「之」に加え、「忌之伎」を「齋忌志伎」と「斎」を付している。

例えば、ユユシは万葉集に、

朝去にて　夕は来ます　君ゆゑに　忌〻久《ユユシク》も我は　嘆きつるかも　（巻十二・二八九三）
青楊の　枝伐り下ろし　ゆ種蒔き　忌忌《ユユシキ》君に　恋ひわたるかも　（巻十五・三六〇三）

などのように「忌」を使う例があるが、家持の「斎忌」は他にはない。家持が他者に読まれることを意識して選んだ用字と考えていいのではないか。

右のように考えてみることが許されるなら、もう数点指摘できることがある。

まず、四七五番歌に見える次の表現である。

白たへに　舎人よそひて
和束山　御輿立たして
ひさかたの　天知らしぬれ
臥いまろび　ひづち泣けども

白細尓　舎人装束而
和豆香山　御輿立之而
久堅乃　天所知奴礼
展轉　埿打雖泣

舎人たちの白装束を、人麻呂は次のように描写している。

我が大君　皇子の御門を
神宮に　装ひまつりて
使はしし　御門の人も
白たへの　麻衣着て

吾大王　皇子之御門乎
神宮尓　装束奉而
遣使　御門之人毛
白妙乃　麻衣著

（巻二・一九九）

この「装束」という用字は、巻十二にも、

夢に見て　衣乎取服　装束間尓　妹が使ひそ　先立ちにける

（巻十二・三一二三）

とある。人麻呂の「皇子の御門を　神宮に　装ひまつり」というのも確かに「装」うことだろうが、「装束」という漢語本来の使い方からするとどうなのだろうか。
続く、舎人たちの「臥いまろび　ひづち泣」く表現は、巻十三に次のようにある。

礒城島の　大和の国に　いかさまに　思ほしめせか　つれもなき　城上の宮に　大殿を　仕へまつりて　殿隠り　隠りいませば　朝には　召して使ひ　夕には　召して使ひ　使はしし　舎人の子らは　行く鳥の　群がりて待ち　あり待てど　召したまはねば　剣大刀　磨ぎし心を　天雲に　思ひはぶらし　臥いまろび　ひづち泣けども　飽き足らぬかも　（巻十三・三三二六）

この歌の原表記は「展轉　土打哭杼母」である。「展轉」は、万葉集に他にもあるのだが、「臥いまろびひづち泣」くのは右の四七五・三三二六番歌の二例しかない。しかし、三三二六番歌は「土」を「打」つとある。家持と同じく「湿」を「打」とあるのは、やはり人麻呂歌で、「泊瀬部皇女と忍坂部皇子とに献る歌」に、

飛ぶ鳥の　明日香の川の　上つ瀬に　生ふる玉藻は　下つ瀬に　流れ触らばふ　玉藻なす　か寄りかく寄り　なびかひし　夫の命の　たたなづく　柔膚すらを　剣大刀　身に副へ寝ねば　ぬばたま

の　夜床も荒るらむ　そこ故に　慰めかねて　けだしくも　逢ふやと思ひて　玉垂の　越智の大野
の　朝露に　玉裳はひづち　夕霧に　衣は濡れて　草枕　旅寝かもする　逢はぬ君故（巻二・一九四）

と、朝露に「玉裳者遅打」と見えている。

家持以前の例として、笠金村も「志貴親王の薨ずる時に作る歌」で、

梓弓　手に取り持ちて　ますらをの　さつ矢手挟み　立ち向かふ　高円山に　春野焼く　野火と見
るまで　燃ゆる火を　何かと問へば　玉桙の　道来る人の　泣く涙　こさめに降れば　白たへの
衣ひづちて　立ち留まり　我に語らく　なにしかも　もとなとぶらふ　聞けば　音のみし泣かゆ
語れば　心そ痛き　天皇の　神の皇子の　出でましの　手火の光そ　ここだ照りたる（巻二・二三〇）

と詠んでいる。この歌の原表記は「白妙之　衣遅漬而」である。

巻七には、

雨を詠む

我妹子が　赤裳の裾の　将染遅　今日の小雨に　我さへ濡れな（巻七・一〇九〇）

との例もある。

ヒヅツは「土」や「泥」に「漬・染」む情景だが、「展轉」して「土」に「打」つよりも、家持の用字のように「埿」（泥の異体字）に「打」つ方が、描写としてはより激しい。同じ語句ではあるのだが、使われている漢字から想起される情景は異なる。

三「鶉雉」

三月二十四日の長歌に移ろう。四七六番歌である。

まず、

我が大君　皇子の尊
もののふの　八十伴の男を
召し集へ　率ひたまひ
朝狩に　鹿猪踏み起こし
夕狩に　鶉雉踏み立て

吾王　皇子之命
物乃負能　八十伴男乎
召集聚　率比賜比
朝獦尓　鹿猪踐起
暮獦尓　鶉雉履立

とあるモノノフは、「八十」を導く普通の使われ方であるため見過ごしがちであるが、「物乃負能」という表記はこの一例のみである。

近い表記として、藤原宮之役民の歌に「物乃布能　八十氏河尓」（巻一・五〇）とあり、人麻呂歌に「物乃部能　八十氏河乃」（巻三・二六四）とある。

一方、田邊福麻呂歌集には、「物負之　八十伴緒乃」の例がある。モノノフは家持歌に九例見えるのだが、「物部」と表記するのはわずか一例である。このことはもう少し論じても良いのかも知れない。

次に、「朝狩に　鹿猪踏み起こし　夕狩に　鶉雉踏み立て」に触れよう。

これは、山部赤人の歌に次のようにある。

やすみしし　わご大君は　み吉野の　秋津の小野の　野の上には　跡見据ゑ置きて　み山には　射目立て渡し　朝狩に　鹿猪踏み起こし　夕狩に　鳥踏み立て　馬並めて　み狩そ立たす　春の茂野に

（巻六・九二六）

「鹿猪踏み起こし」は、赤人と家持の二例のみ。「鳥踏み立て」は、この赤人歌と家持が後に「鳥布美立」（巻十九・四一五四）と詠んだ例があり、万葉集に全三例のみである。家持の表現は、赤人歌のもとにあると言って良いのだろう。

ところで、赤人歌の原表記は、「朝獦尓　十六履起之　夕狩尓　十里蹋立」である。四七六番歌に使われた「鹿猪」は、他に一例のみ。巻十二に、

霊合者　相宿るものを　小山田の　鹿猪田禁如　母し守らすも　（巻十二・三〇〇〇）

とある。「鹿猪《しし》田《だ》守《も》るごと」と訓まれているが、その意味は明確ではない。「鶉雉」は、それぞれでウズラ（ウヅラ）とキジ（キギシ）を指す用法しかないのだが、この家持歌のみ「鶉雉」と併記している。この表記は、親王の狩猟に従った家持の見た情景が生かされているのではないだろうか。

再び家持の舎人の描写を見よう。

頼めりし　皇子の御門の
五月蠅なす　騒く舎人は
白たへに　衣取り着て

憑有之　皇子乃御門乃
五月蠅成　驟騒舎人者
白栲尓　服取著而

とある。五月のハエのようにうるさいサバヘナスは、万葉集に二例のみ。もう一例は山上憶良の「老い

たる身に病を重ね、年を経て辛苦み、また児等を思ふ」長歌の中にある。

…死なな思へど　五月蠅奈周　佐和久児等遠　打棄てては　死には知らず　見つつあれば　心は燃えぬ　かにかくに　思ひ煩ひ　音のみし泣かゆ

（巻五・八九七）

「佐和久」のは「児等」である。憶良は、子どもたちの描写に用いたので、自分の死を見つめる父の姿がより浮かびあがっている気がするのだが、家持は、親王の死を嘆く舎人の姿に用いていて、歌の表現としては弱いだろう。

家持のサバヘナスがかかるサワクは「驟騒」とある。「驟・騒」それぞれの例はあるが、「驟騒」とするのは万葉集にこの一例のみである。ちなみに、人麻呂の高市挽歌では戦いの描写に「弓波受乃驟」と使われている。

家持の用字は、この句より前に、

もののふの　八十伴の男を　　物乃負能　八十伴男乎
召し集へ　率ひたまひ　　召集聚　率比賜比

ともある。この「集聚」も他には例がない。家持なりの何らかの理由があるのだろう。

さて、その泣き叫ぶ舎人たちの衣を修飾するのは「白栲尓」である。ニで受けていることに注意したい。

このシロタヘニは、万葉集に七例。うち家持に二例。大伴池主に一例で、残り四例の用例のうち三例は「にほふ」にかかっていて（巻七・一二九二、巻十・一八五九、巻十三・三三二五）、衣ではない。

残る一例は、すでに掲げた巻十三の長歌で、

…大殿を　振り放け見れば　白たへに　飾り奉りて　うちひさす　宮の舎人も　たへのほに　麻衣着れば…
（巻十三・三三二四）

とあり、宮殿を白く装飾している叙景なのだが、その先の描写に、麻衣を着けた舎人がいる。この麻衣は白いのであろう。

家持の「白たへに　衣取り着て」という表現は、新しい試みなのではないか。

短歌に目を向けると、別の特徴が見える。

四七九番歌に「波之吉可聞　皇子之命」とあるのだが、このハシキカモは万葉集に二例のみで、家持以前に、

吉野より苔生せる松が枝を折り取りて遣る時に、額田王の奉り入るる歌一首

み吉野の　玉松が枝は　愛しきかも　君が御言を　持ちて通はく　（巻二・一一三）

と、額田王の歌しかない。「君」は、この歌の並びから弓削皇子とわかる。
家持が安積親王に対して用いたのは、額田王の歌を学んでいた証となるであろうか。

四　「河湍」と「久流比尓久流必」

再び、四七五番歌にもどり、次の部分に触れよう。

うちなびく　春さりぬれば
山辺には　花咲きををり
川瀬には　鮎子さ走り
いや日異に　栄ゆる時に
逆言の　狂言とかも

打靡　春去奴礼婆
山邊尓波　花咲乎為里
河湍尓波　年魚小狭走
弥日異　榮時尓
逆言之　狂言登加聞

上段の表記を見るだけではわからないのだが、「河湍」は他に例がない。万葉集には「川瀬」二例、「河瀬」五例（越中守時代の家持歌が二例ある）とある。この「湍」自体は珍しい用字ではなく、家持自身他に五例（うち四例は越中守時代）も使用しており、好んで使用していたのかも知れない。

「湍」は、人麻呂に人麻呂歌集も含めて使用例がなく、赤人（巻六・一〇〇五）や、福麻呂（巻六・一〇五〇、一〇五二、一〇五三）に例があることによるのかも知れないが、ここでは次の二例があることを掲げておくことにする。

我が行きは　久にはあらじ　夢のわだ　湍にはならずて　淵にありこそ（大伴旅人、巻三・三三五）

早川の　湍に居る鳥の　よしをなみ　思ひてありし　我が子はもあはれ（大伴坂上郎女、巻四・七六一）

さて、「河」にも問題がある。実は、家持は基本的に「川」を使用しない。家持歌の「川」は一例のみ。ツに当てた音仮名として使用しているだけなのである（巻十八・四一二六）。

人麻呂も赤人も、笠金村も車持千年も、「川」と「河」の両方を使用している。ところが、大伴旅人と大伴坂上郎女は「河」だけである。さらに調べれば、山上憶良も笠女郎や紀女郎も、そして大伴書持も「河」しかないことがわかる。

無論、漢語の「河」と「川」は違う意味を示す文字である。それを万葉人がどう受け止めたのか、「大伴家」の問題として考えてみることも必要なのかも知れない。

次に、「狂言」である。万葉集の「狂」は、すべて「狂言」か「狂語」のタハコトに使われている。タハは「戯く」である。万葉集の「狂」をクルフと訓むことはない。

ところが、天平十一年（七三九）頃に家持坂上大嬢に贈った歌に次のような表現がみえる。

相見ては　幾日も経ぬを　ここだくも　久流比尓久流必　思ほゆるかも　（巻四・七五一）

第四句目の「久流比尓久流必」をクルヒニクルヒと訓むことは「桂本」以来揺れていない。問題はその解釈である。

近世の注釈書で、契沖『代匠記』初稿本に、

くるひにくるひ　狂ひに狂ひなり。心のたゝしからぬを狂とす。ものくるはしきまでに、人のこひおもはるゝなり

とあるのだが、精撰本では「物クルヲシキマテ、恋ラル、トナリ」と簡略になってしまっている。

荷田春満『童蒙抄』は、

狂ひにくるひと云義と諸抄注せり。物ぐるほしき程におもひしたふ義と也。何とぞ見やうあらんか。未だ考ふる処無ければ先づ諸説にまかす

と、躊躇しつつも従っている。

賀茂真淵『考』は、はっきりと、

来日〲也、狂ひに〲と見たる説は笑へし

と記し、その後、岸本由豆流『攷證』に、再び、

狂に狂なり。……さて、或人、くるひにくるひは、来日に来日ならんといへれど当らず。

とある。

「狂ひに狂ひ」とする説は、鹿持雅澄『古義』に、

狂に狂ひなり、狂ふ事の絶ず甚しきよしなり。歌意は、相見て別ては、まだいくばくの日数も経ざる物を、そこばく狂ふ事の絶ず甚しく、さけび袖ふりなどして、恋しく思はるゝ哉となり

とあるように、恋しく思う気持ちを「狂ひに狂ひ」と修飾するのが苦しい。

加藤千蔭『略解』が、本文を仮名表記で「くるひにくるひ」として、「物ぐるはしきまでにおぼゆる也」としているのが、一見一番妥当に見えるのだが、現代語で言うところの「狂おしいほど恋しい」という表現が「狂ひに狂ひ思ほゆる」とはならないようにも感じる。

これは、「来る日に来る日」と解釈してもすっきりしないのは同じで、どちらにしても、第五句目の「思ふ」に接続することで違和感が残るのだ。

そこで家持の「日」を調べてみると、枕詞アシヒキに使用した例はあるものの、月日に関しては、す

べて「日」を使用している。

また、「来る」の仮名書きは、「久留」（巻五・八〇四）と「久類」（巻八・一六四七）があり、家持に「来流」（巻十九・四二五四）とあるだけで、「久流」と表記されるのは「苦し」の例ばかりである。「久留・類」と「久流」に大きな違いがあるとは思えないのだが、何らかの差がある可能性は残る。

以上のようなことからも、「久流比尓久流必」は「来る日に来る日」ではないとまずは考えて良いと思うのである。

「狂」はクルフであった。クルフとは違うのだ。

一方、家持歌のヒに当てた文字を調べてみると、多くは「比」を使用しているのだが、わずかに四例の孤例がある。一例は右の「久流必」である。残り三例は次のようにある。

うつせみの　世は常なしと　知るものを　秋風寒み　思努妣つるかも　（巻三・四六五）
足檜木乃　山さへ光り　咲く花の　散りぬるごとき　我が大君かも　（巻三・四七七）
都路を　遠みか妹が　このころは　得飼飯て寝れど　夢に見え来ぬ　（巻四・七六七）

七六七番歌の「得飼飯《ウケヒ》」は、他に三例、すべて巻十一にある。

水の上に　数書くごとき　我が命　妹に逢はむと　受日つるかも　（巻十一・二四三三）

さね葛　後も逢はむと　夢のみに　受日わたりて　年は経につつ　（巻十一・二四七九）

相思はず　君はあるらし　ぬばたまの　夢にも見えず　受早て寝れど　（巻十一・二五八九）

二四三三番歌と二四七九番歌の二例は、「柿本朝臣人麻呂之歌集出」の歌である。家持の「得飼飯て寝れど」は、三例目の二五八九番歌の「受早て寝れど」と同じ表現だが、「得飼飯」とした理由は、残念ながらわからない。

五　家持のみの用字

前項までに、安積親王挽歌の用字を見てきたのだが、これらより数年前に詠まれた家持の「亡妾挽歌」にも他に例のない用字がある。

時はしも　いつもあらむを　情哀　い行く我妹か　みどり子を置きて　（巻三・四六七）

家離り　います我妹を　留めかね　山隠しつれ　情神もなし　（巻三・四七一）

四六七番歌の第三句「情哀」は、カナシクモともココロイタクとも訓まれている。

四七一番歌の第五句「情神」は、万葉集に「心神」が二例あり（巻三・四五七、巻十二・三〇五五）、同じくココロドと訓まれていて揺れはない。

家持の用字としては、「叩ゝ」（巻八・一六二九）の例がよく知られていると思うが、その他にも、

つれもなく　あるらむ人を　片思ひに　我は思へば　惑もあるか　（巻四・七一七）
夢の逢ひは　苦しかりけり　覚て　掻き探れども　手にも触れねば　（巻四・七四一）
我が恋は　千引の石を　七ばかり　首に懸けむも　神の諸伏　（巻四・七四三）
恋ひ死なむ　そこも同じぞ　何せむに　人目人言　辞痛我がせむ　（巻四・七四八）
黒木取り　草も刈りつつ　仕へめど　勤わけと　ほめむともあらず　（巻四・七八〇）

などの他に例のない表記が見つかるのである。右に掲げた歌はどれも女性に贈ったものである。その点に、用字が特殊である理由があるのかも知れない。しかし、文字によって意は通じたのかも知れないが、贈られた相手は正しくよめたのであろうか。

最後にナデシコの用字に触れよう。

よく知られているように、家持の歌に次のようにある。

又家持見砌上瞿麦花作歌一首

秋さらば　見つつ偲へと　妹が植ゑし　屋前乃石竹　咲きにけるかも　（巻三・四六四）

題詞には「瞿麦」とあり、歌の本文には「石竹」とある。これを別のものと見る必要はないだろう。この二つの表記は、万葉集の巻十には次のようにある。

花を詠む（夏雑歌）

見わたせば　向かひの野辺の　石竹之　散らまく惜しも　雨な降りそね　（巻十・一九七〇）

野辺見れば　瞿麦之花　咲きにけり　我が待つ秋は　近付くらしも　（巻十・一九七二）

花に寄せる（夏相聞）

隠りのみ　恋ふれば苦し　瞿麦之　花に咲き出よ　朝な朝な見む　（巻十・一九九二）

一方、家持歌には次のようにある。

大伴宿祢家持贈同坂上家大嬢歌一首

石竹之　その花にもが　朝な朝な　手に取り持ちて　恋ひぬ日なけむ　（巻三・四〇八）

大伴宿祢家持贈坂上家之大嬢歌一首

我がやどに　蒔之瞿麦　いつしかも　花に咲きなむ　なそへつつ見む　（巻八・一四四八）

大伴家持石竹花歌一首

我がやどの　瞿麦乃花　盛りなり　手折りて一目　見せむ子もがも　（巻八・一四九六）

大伴家持贈紀女郎歌一首

瞿麦者　咲きて散りぬと　人は言へど　我が標めし野の　花にあらめやも　（巻八・一五一〇）

つまり、家持歌の「石竹」は巻三だけにあり、巻八は「瞿麦」とある。
ところが、これは家持だけの話ではない。巻八のナデシコは次のようにすべて「瞿麦」なのだ。

山上臣憶良、秋野の花を詠む歌二首　（一首略）

萩の花　尾花葛花　瞿麦之花　をみなへし　また藤袴　朝顔が花　（巻八・一五三八）

典鋳正紀朝臣鹿人、衛門大尉大伴宿祢稲公の跡見の庄に至りて作る歌一首

射目立てて　跡見の岡辺の　瞿麦花　ふさ手折り　我は持ちて行く　奈良人のため　（巻八・一五四九）

丹生女王、大宰帥大伴卿に贈る歌一首

高圓の　秋野の上の　瞿麦之花　うら若み　人のかざしし　なでしこが花　（巻八・一六一〇）

笠女郎、大伴宿祢家持に贈る歌一首

朝ごとに　我が見るやどの　瞿麦之　花にも君は　ありこせぬかも

（巻八・一六一六）

このように並べてみると、巻三・巻八の題詞に異なる表記があることは、巻三・巻八の成立と関わりがあるのだろうと想像されてくる。もう少し視点を広げた調査が必要だろう。

以上、越中守以前の家持歌の表記・用字を通して、その特異な点をいくつか並べてみた。

無論、まだまだ取り上げるべき例はあるのだが、家持が越中守となり、越中へ赴任することを契機に編まれる万葉集巻十七以降の用字とも関わってくるので、次稿以降に期したい。

家持の《おもて歌》

——家持歌の享受史——

新谷秀夫

一 はじめに

アニメ化され、実写映画化もされた末次由紀の漫画『ちはやふる』は、競技かるたのさらなる普及と競技人口の拡大に貢献したことはまちがいない。この競技かるたは、天智《てんち》天皇から順徳院《じゅんとくいん》までの歌人一〇〇名、各一首計一〇〇首からなる藤原定家《ていか》《さだいえ》の著した秀歌撰《しゅうかせん》『百人一首』をかるたにしたものでおこなわれる。ただ、『百人一首』は中世においては歌学書とみなされ、歌道の入門書のひとつとして享受されており、かるたとして普及するようになるのは近世以降のようである。

さて、この『百人一首』には、天智天皇・持統《じとう》天皇・柿本人丸《かきのもとのひとまろ》（柿本人麻呂）・山辺赤人《やまべのあかひと》（山部赤人）・中納言家持《ちゅうなごんやかもち》（大伴家持）という萬葉歌人が五名含まれている。そのため、

鵲《かささぎ》の渡《わた》せる橋《はし》に置《お》く霜《しも》の白《しろ》きを見《み》れば夜《よ》ぞ更《ふ》けにける　（六・中納言家持）

という歌が『萬葉集』のどこにあるかと質問されることがある。答えはもちろん《『萬葉集』にはない》であることは、少しく興味をいだき、調べたことがある人ならばご存じであろう。ちなみに、残る四名の萬葉歌人の

秋《あき》の田《た》の仮庵《かりほ》の庵《いほ》の苫《とま》をあらみわが衣手《ころもで》は露《つゆ》にぬれつつ　（一・天智天皇）

春過《はるす》ぎて夏来《なつき》にけらし白妙《しろたへ》の衣《ころも》干《ほ》すてふ天《あめ》の香具山《かぐやま》　（二・持統天皇）

あしひきの山鳥《やまどり》の尾《を》の垂《しだ》り尾《を》の長々《ながなが》し夜《よ》をひとりかも寝《ね》む　（三・柿本人丸）

田子《たご》の浦《うら》にうち出《い》でて見《み》れば白妙《しろたへ》の富士《ふじ》の高嶺《たかね》に雪《ゆき》は降《ふ》りつつ　（四・山辺赤人）

という『百人一首』に採られた歌については、持統天皇と赤人の歌は若干語句に異同はあるが『萬葉集』にそれぞれの歌として見える歌で、天智天皇の歌は巻十・二一七四が本歌《もとうた》と考えられ、人麻呂の歌は巻十一・二八〇二の或本歌《あるほん》と同一であるが、いずれも作者未詳《さくしゃみしょう》歌であって天智天皇や人麻呂の歌ではない。しかしながら、四人とも『萬葉集』にいくばくかは関わる歌が採られているのに対して、人麻呂とともに『萬葉集』を代表する歌人とされる家持の『百人一首』所載歌はまったく『萬葉集』に見えない。

このことから定家の撰歌に疑問をいだく人がいるかもしれないが、じつは定家がまちがえているわけではない。当時は先掲した歌が家持歌と信じられていたため、定家は家持の《おもて歌（代表歌）》として『百人一首』に採ったのである。

この点については以前、末尾に参考文献として掲出した拙稿Aにおいて少しく検討し、『萬葉集』に見えない歌が家持歌として享受されたのには『家持集』が深く関わっていたことを明らかにした。本稿では、この拙稿Aを拡充させつつ、秀歌撰などにおいて家持の《おもて歌》として採られている歌を現代までたどりながら、概観的ではあろうが、家持歌の享受史の一端を明らかにしたい。そこでまず、拙稿Aと重複することとはなるのだが、『百人一首』に至るまでの家持をめぐる《おもて歌》の変貌の様態をたどってみたい。

二 《おもて歌》の変貌

新《あらた》しき年《とし》の初《はじ》めの初春《はつはる》の今日《けふ》降《ふ》る雪《ゆき》のいや重《し》け吉事《よごと》　（巻二十・四五一六）

天平宝字《てんぴょうほうじ》三（七五九）年正月一日に詠んだこの『萬葉集』終焉《しゅうえん》歌のあと、家持が歌い続けていたのか、それとも歌わなくなったのかは、『萬葉集』をめぐる謎のひとつとされることもあるように、いまだ明らかにされているとは言えない。もし歌い続けていたとしたら、なぜその歌が残っていないのか。意図的に残さなかったのか、それとも何らかの事情で残らなかったのか、それも明らかではない。つまり、『萬葉集』を最後に家持の《歌人《うたびと》》としての足跡は確認できないのである。

そのような家持が、ふたたび《歌人》として注目されるようになったのは、平安時代中期に活躍した藤原公任《きんとう》の手になる秀歌撰『三十六人撰《さんじゅうろくにんせん》』からである。そこで、『萬葉集』以降の家持歌享受の様態を、《おもて歌》と考えられていた歌を通してたどってみたい。

藤原公任は、『萬葉集』の時代から公任と同時代までの歌人のなかから、とくに歌の上手と判断した歌人を三十六人選び、歌合《うたあわせ》形式の秀歌撰『三十六人撰』を著した。もちろん家持もそのひとりに選ばれていて、家持の《おもて歌》として公任は次の三首を採る。それぞれ次行に【　】で囲み傍線で異同を示したように、いずれも『萬葉集』に収載されている家持歌の異伝もしくは時代に合うように改変された歌である。

イ　新玉《あらたま》の年《とし》行《ゆ》き返《かへ》る春立《はるた》たばまづわが宿《やど》に鶯《うぐひす》は鳴《な》け

【あらたまの年行き反《がへ》り春立たばまづわがやどにうぐひすは鳴け　（巻二十・四四九〇）】

ロ　さ牡鹿《をしか》の朝立《あさた》つ小野《をの》の秋萩《あきはぎ》に玉《たま》と見《み》るまで置《お》ける白露《しらつゆ》

【さ雄鹿《をしか》の朝立つ野辺《のへ》の秋萩に玉と見るまで置ける白露　（巻八・一五九八）】

ハ　春《はる》の野《の》にあさる雉子《きぎす》の妻恋《つまごひ》におのが在処《ありか》を人《ひと》に知《し》れつつ

【春の野にあさる雉《きぎし》の妻恋に己《おの》があたりを人に知れつつ　（巻八・一四四六）】

この『三十六人撰』に選ばれた歌人は「三十六歌仙《さんじゅうろっかせん》」と呼ばれるようになり、後世の歌人たちによって詠歌の手本として崇拝されるようになったようである。歌を学ぶ上で必須のテキストと考えられていたのは、まずもって『古今和歌集《こきん》』にはじまる勅撰《ちょくせん》和歌集だったはずである。天皇もしくは上皇の命を受けて当代きっての歌人が撰者となり撰んだ歌集であるから、歌を学ぶ上でこれほど有益なものはないであろう。しかしながら、約四五〇〇首収載されている『萬葉集』に比して勅撰和歌集は、八代集《はちだいしゅう》のうち一番収載歌が多い『新古今和歌集《しんこきん》』でも約二〇〇〇首であり、それほど多くの歌が収載されているわけではない。しかも、もし歌人たちの必須テキストと考えられていた勅撰和歌集だけを参考に詠歌したならば、誰もがみな同じような詠歌となり、没個性に陥る蓋然性は高い。

そのようななかで注目されたのが「三十六歌仙」であり、彼らが詠歌の手本として崇拝されればされるほど、歌仙それぞれの歌を学ぶためにできるだけ多くの詠歌を見たいという願望が生じることになったようである。勅撰和歌集には採られていなくとも、詠歌の上で参考となる歌はたくさんあったはずである。それを知るために「三十六歌仙」それぞれの詠歌を集めた歌集《家集《いえのしゅう》》が求められ、「三十六人《さんじゅうろくにん》家集《かしゅう》」が作られたようである。全部が一度に作られたわけではないが、その大半は、公任の時代以降、後述する藤原俊成《としなり／しゅんぜい》の時代くらいまでに作られたとされている。

そして、平安時代の終わりごろ、公任の『三十六人撰』が選んだ「三十六歌仙」はそのままにして、歌の一部を時代に合うように入れ替え、俊成は『三十六歌仙歌合《さんじゅうろっかせんうたあわせ》』を著した。ここで俊成が家持の《おもて歌》として採ったのは、公任とはまったく違う次の三首であった。

A・まきもくの檜原《ひばら》もいまだ曇《くも》らねば小松《こまつ》が原《はら》に泡雪《あはゆき》ぞ降《ふ》る

B・かささぎの渡《わた》せる橋《はし》に置《お》く霜《しも》の白《しろ》きを見《み》れば夜《よ》ぞ更《ふ》けにける

C・神奈備《かむなび》の三室《みむろ》の山《やま》の葛《くず》かづら裏吹《うらふ》き返《かへ》す秋《あき》は来《き》にけり

Aは『萬葉集』収載歌（巻十・二三一四）だが、人麻呂歌集歌であって家持歌ではない。そして、BとCは『萬葉集』にまったく見えない歌である。つまり、俊成が家持の《おもて歌》として採った三首は、『萬葉集』からすると家持と関わらない歌ばかりなのである。『古来風体抄《こらいふうていしょう》』などの著作から俊成は『萬葉集』を目にしていたことは確かなのだが、どうして家持の《おもて歌》をこの三首にしたのか。その答えが『家持集』の存在だったのである。

ところで、平安時代初期から中期にかけて撰進された勅撰和歌集にもじつは家持歌が採られている。

・『後撰《ごせん》和歌集』

① かきくらし雪《ゆき》は降《ふ》りつつしかすがにわが家《や》の苑《その》に鶯《うぐひす》ぞ鳴《な》く　（巻一「春上」・三）

【うち霧《き》らし雪は降りつつしかすがに我家《わぎへ》の園《その》にうぐひす鳴くも　（巻八・一四四一）】

② わがやどの垣根《かきね》に植《う》ゑしなでしこは花《はな》に咲《さ》かなんよそへつつ見《み》む　（巻四「夏」・一九九）

【わがやどに蒔《ま》きしなでしこいつしかも花に咲きなむなそへつつ見む　（巻八・一四四八）】

③ わがやどの尾花《をばな》が上《うへ》の白露《しらつゆ》を消《け》たずて玉《たま》に貫《ぬ》く物《もの》にもが　（巻六「秋中」・三〇五）

【わがやどの尾花が上の白露を消たずて玉に貫くものにもが　（巻八・一五七二）】

・『拾遺《しゅうい》和歌集』

① うちきらし雪は降りつつしかすがにわが家の園に鶯ぞ鳴く　（巻一「春」・一一）

【うち霧らし雪は降りつつしかすがに我家《わぎへ》の園にうぐひす鳴くも　（巻八・一四四一）】

ハ 春の野にあさる雉《きぎす》の妻恋に己《おの》が在《あ》りかを人に知れつつ　（巻一「春」・二一）

【春の野にあさる雉《きぎし》の妻恋に己《おの》があたりを人に知れつつ　（巻八・一四四六）】

④ 久方《ひさかた》の雨《あめ》の降《ふ》る日《ひ》をただひとり山辺《やまべ》にをればむもれたりけり　（巻十九「雑恋」・一二五二）

【ひさかたの雨の降る日をただひとり山辺《やまへ》に居《を》ればいぶせかりけり　（巻四・七六九）】

『後撰和歌集』の三首はいずれも、それぞれ次行に【　】で囲み傍線で異同を示したように、『萬葉集』

において家持歌とされている歌の異伝もしくは時代に合うように改変された歌である。しかしながら、『後撰和歌集』ではいずれも「読人《よみひと》しらず」として採られており、撰者たる「梨壺《なしつぼ》の五人」による『萬葉集』訓読が語られていることからすれば、やや不思議の感も否めない。対して、『拾遺和歌集』の三首は、『後撰和歌集』と同一歌（①）や公任が《おもて歌》として採った歌（ハ）を含むが、いずれも「家持」の歌として採られている。そこで、これまで掲出した歌の、鎌倉時代初期あたりまでの他出状況を一覧にしたのが次ページの表である。一瞥してわかるように、俊成とそれ以前とのもっとも大きな相違は『家持集』収載か否かにある。

ところで、『後撰和歌集』で「読人しらず」とされている家持歌のうち①と②は、『後撰和歌集』と『拾遺和歌集』とのあいだに成立したと考えられている題別類聚《るいじゅう》形式の撰集『古今和歌六帖《こきんわかろくじょう》』に家持歌として収載されている。

それに対して、公任『三十六人撰』で家持の《おもて歌》とされている歌のうちロとハが『古今和歌六帖』では家持歌と明記されておらず、『拾遺和歌集』で家持歌として採られている④が『古今和歌六帖』に収載されていないことから鑑みると、『後撰和歌集』の撰者による『萬葉集』訓読は『後撰和歌集』の撰集に活用されなかった、と言うか、勅撰和歌集撰進と『萬葉集』訓読は直接的に結びついていなかったと考えられる。しかしながら、公任や『拾遺和歌集』では『萬葉集』そのものが家持歌撰集の資料として用いられていたと見て大過ない。とくに公任は、末尾に参考文献として掲出した拙稿Bにおいて少しく

検討したが、明らかに『萬葉集』をもとに家持歌の認定をおこなっていたようなのである。つまり、

		萬葉集	家持集	古今和歌六帖	その他の収載状況
後撰集	①	巻八・一四四一	×	○（家持）	『拾遺集』（家持歌として）、『綺語抄』
	②	巻八・一四四八	×	○（家持）	『伊勢物語』『源氏物語』
	③	巻八・一五七三	×	○	『和歌初学抄』『新古今集』
公任	イ	巻二十・四四九〇	×	○（家持）	『三十人撰』
	ロ	巻八・一五九八	×	○	『和漢朗詠集』『新古今集』
	ハ	巻八・一四四六	×	○	『三十人撰』『深窓秘抄』『金玉集』『拾遺集』
拾遺集	①	巻八・一四四一	※『後撰集』に既出		
	ハ	巻八・一四四六	※公任『三十六人撰』に既出		
	④	巻四・七六九	×	×	『綺語抄』『袖中抄』
俊成	A	（巻十・二三二四）	○	○	『人麿集』『新古今集』
	B	×	○	×	『新古今集』『百人一首』など
	C	×	○	×	『新古今集』

正しく家持歌が認識されていなかった時代　‖　『後撰和歌集』
　↓
『萬葉集』によって認識されていた時代　‖　公任や『拾遺和歌集』
　↓
『家持集』によって認識されていた時代　‖　俊成

という家持歌享受の流れが確認されるのである。ちなみに、『拾遺和歌集』以降『新古今和歌集』に至るまでの四つの勅撰和歌集に家持歌が採られなかったのは、当時『萬葉集』が《勅撰》と判断されていたために、すでに勅撰和歌集に採られた歌は原則採らないとしていた基準に拠ったからであろう。

さて、和歌史を概観すると、平安時代あたりから、歌合や百首和歌、屏風歌などが詠作の契機として重要な位置を占めている。その結果《題詠》が詠作において重要な位置を占めるようになり、マニュアルとして使用できる歌書が必要とされ、『古今和歌六帖』のような撰集が重宝されるようになったようである。そして、それと呼応するかのように、公任によって「三十六歌仙」のひとりに数えられた家持の《家集》も活用されるようになったのであろう。ただし、現代人の感覚からすれば『萬葉集』から家持歌を集めて作れば良いと考えるが、実際に作られたものはそうではなかった。

・『萬葉集』で家持歌とされている歌は、全体の一割程度にすぎない。
・収載歌の約四分の一は『萬葉集』巻十の作者未詳歌で、家持以外の歌人の歌も少なからず混入している。

・表現上、明らかに平安時代の歌と考えられるものが多い。

などの特徴から、平安時代になって作られた『家持集』は、本来は『萬葉集』の抄出《しょうしゅつ》本だったものを加筆修正したもので、正真正銘の家持歌を集めた《家集》とは認められないというのが現在の研究者の見解である。つまり、『家持集』とは、家持の詠歌を含んではいるが、それ以外の歌もたくさん収載された、家持の名を冠しただけの真正の《家持の家集》ではないのである。

そのような『家持集』だが、家持が「三十六歌仙」のひとりとして崇拝されるようになったために、家持歌を集めたものと信じられて享受されていたのである。だから『萬葉集』を目にしていたはずの俊成も、家持の《おもて歌》を撰ぶ上で重視したのであろう。『萬葉集』を見ていたならばまちがいに気づくのではないかと思われるかもしれないが、逆に『萬葉集』に家持歌がすべて採られているわけではないという考えに至る可能性もあったわけで、『萬葉集』には収載されていないが家持歌かもしれないと判断したのではなかろうか。いや、俊成やその子定家はそう判断してしまったのだ、家持が「三十六歌仙」のひとりであったために。

公任が選んだ「三十六歌仙」は、俊成が改修するほどであるから、長く崇拝され続けていたことはまちがいない。したがって、その歌仙の名を冠した《家集》は、勅撰和歌集ほどではなくても、歌人たちにとっては絶対的な存在であったはずであろう。歌人の《おもて歌》を撰ぶとき、その名を冠した《家集》から撰ぶのはけっしてまちがった方法ではない。俊成や定家を責めてはならない、当時は『家持集』から撰歌するのは賢明な選択肢のひとつだったのである。

その後の鎌倉時代や室町時代、さらには江戸時代にも家持の影響を見てとれる歌や歌人は存するが、いまは《おもて歌》に焦点をしぼりたく、いずれあらためて論じたいと考えている。ちなみに、いわゆる歌仙絵《かせんえ》に描かれた家持像に添えられた歌だが、現存最古の佐竹《さたけ》本や上畳《あげたたみ》本が先掲した公任撰のロを書き記し、高岡市万葉歴史館が所蔵する四点が、

・伝陽明《ようめい》文庫蔵三十六歌仙絵（歌は伝烏丸光広《からすまるみつひろ》筆）＝Ａ（俊成撰）

・江戸時代初期三十六歌仙絵（筆者不明）＝Ｂ（俊成撰）

・肉筆絹本三十六歌仙絵、某神社奉納三十六歌仙絵額（いずれも筆者不明）＝ハ（公任撰）

とそれぞれに書き添えている。さらに『日本歌学大系』別巻六（風間書房刊　昭59・11）に収載されている「三十六歌仙」関連書が、

・公任卿撰歌仙［乙］＝Ａ（俊成撰）

・古三十六人歌合［丁］＝ハ（公任撰）

・古三十六人歌合［戊］＝Ａ・Ｃ・Ｂ（俊成撰）・ロ（公任撰）［補入として・ハ（公任撰）］

・古三十六人歌合［己］＝Ａ・Ｃ・Ｂ（俊成撰）

・古三十六歌僊秘談［庚］＝ハ・ロ（公任撰）・Ｃ・Ａ（俊成撰）［一首欠、Ｂか］

という様態を示していることから、先掲した公任と俊成が著したふたつの秀歌撰によって「三十六歌仙」としての家持の《おもて歌》が採られていたと見て大過ない。

つまり、家持という《歌人《うたびと》》は、はじめから『萬葉集』を通して評価されていたのではなく、『萬葉集』からいささか離れたところで評価されはじめたのである。これが、家持歌享受のはじまりであり、それを象徴するのが本稿冒頭に掲出した『百人一首』所載の「中納言家持」歌なのである。

三 家持歌評価の変化

それでは、本格的に——まさしく『萬葉集』を通して——家持歌が享受されるようになったのはいつなのか。青木生子《たかこ》氏「家持の歌の評価―春愁三首を中心に―」(『上代文学』73 平6・11)が的確にまとめられたように、それは、じつに大正時代になってからで、国文学者であると同時に歌人でもあった窪田空穂《くぼたうつぼ》や折口信夫《おりくちしのぶ》(釈迢空《しゃくちょうくう》)、さらに国文学者の久松潜一《ひさまつせんいち》にはじまるようである。そこで、本格的な家持歌享受がはじまったあとの昭和以降に出版された『萬葉集』の秀歌撰に採られている家持歌と、それ以前、とくに『萬葉集』享受が明確な形で見てとれる鎌倉時代初期以前の文献に引歌されている家持歌を比較することで、近代にいたるまでの家持歌の評価が、現在といささか異なることを明らかにしてみたい。なお、鎌倉時代初期あたりからは、それ以前とは違い、多くの書写本が現存するのを含めて『萬葉集』

享受の様態が明白に確認できるようになる。さらに、その様態は『萬葉集』の注釈・類聚という営為にもつながってゆく。単純に『萬葉集』から秀歌を撰び採っているというよりは、少しく研究者的視点が加わるようになっていると考えられることを鑑みると、たんに《おもて歌》という視点から把捉するには問題も存するため、いまは鎌倉時代初期までの文献との比較において論考を進めたい。

さて、昭和以降に出版された数ある『萬葉集』の秀歌撰のなかから、次に掲出する一般の方でも入手しやすい六種に採られている家持歌を調査したのが本稿末尾の付表である。それぞれの著者の嗜好や研究者的視点が大きく関わるかもしれないが、新書・文庫の性格上それなりに客観性をもって秀歌が撰ばれていると考えられることから、ひとつの指針となると判断した。

・斎藤茂吉《さいとうもきち》『万葉秀歌』（昭13　岩波新書　※「茂吉」と略称）　27／365（約7％）
・松尾聡『万葉の秀歌』（昭40　武蔵野書院　※「松尾」と略称）　14／187（約7％）
・山本健吉・池田弥三郎『萬葉百歌』（昭38　中公新書　※「中公」と略称）　7／109（約6％）
・久松潜一『万葉秀歌』（昭51　講談社学術文庫　※「久松」と略称）　43／815（約5％）
・中西進氏『万葉の秀歌』（昭59　講談社現代新書　※「中西」と略称）　34／252（約13％）
・佐佐木幸綱氏監修『覚えておきたい順万葉集の名歌』（平19　中経の文庫　※「佐佐木」と略称）　9／100（約9％）

下部に示した数値は、それぞれの秀歌撰に採られた萬葉歌全体に対する家持歌の比率である。つまり斎藤茂吉『万葉秀歌』に採られた三六五首のうち家持歌は二七首存するということを示している。『萬葉集』における家持歌の比率は473／4516（約10％）であり、掲出した後の二種を除くと、いささか数値的には少なく感ぜられるかもしれない。しかしながら、六種の数値にさほど大きな隔たりはないことから、比較するための数値としては問題はなかろう。なお、書名に「覚えておきたい順」とあるように佐佐木氏の秀歌撰は撰んだ萬葉歌に順番を付してあるので、付表ではその順位も算用数字で示しておいた。

そして、これらの昭和以降の秀歌撰と比較するために、

・『後撰和歌集』（付表では「後撰集」と略称、以下略称を用いたものは同様に示す）
・『拾遺和歌集』（「拾遺集」）
・『新古今和歌集』（「新古今集」）
・藤原公任『三十六人撰』（「公任」）
・藤原俊成『古来風体抄』
・最初の萬葉歌の百首撰である賀茂真淵《かものまぶち》『萬葉新採百首解《しんさいひゃくしゅかい》』（「真淵」）

が採っている家持歌を組み入れてある。さらに、歌誌『アララギ』二八巻一号（昭10・1）所載の「萬葉集研究（六）萬葉集百首選」に採られた家持歌についても組み入れてみた（※「アララギ」と略称）。この百首選は二種類あり、一〇〇人の歌人が撰歌したものと、それとは別に岡麓《おかふもと》・斎藤茂吉・土屋文明《つちやぶんめい》の三人が撰歌したものである。あとの三人が撰歌した家持歌は八首であるが、一〇〇人の歌人たちが撰歌した

ものには五四首の家持歌が撰ばれており、近代における歌人たちの意見が反映されていると思われる。付表では、あとの三人が撰歌したものは「◎」で示して撰歌した人物を略称（岡・斎・土）で示し、投票数を加えた。また一〇〇人の撰歌したものは「○」で示してそれぞれの投票数を加えた。

なお、遠藤宏氏「家持研究史　古代（近世以前）」（小野寛名誉館長編著『万葉集をつくった大伴家持大事典』所収笠間書院刊　平22・11）が指摘されているように、渋谷虎雄『古文献所収万葉和歌集成』（桜楓社刊）は家持歌を引用する資料が二〇〇を超えるとするが、あくまでも本稿では《おもて歌》という視点で家持の享受史をたどりたく、さきにも述べたようにこの点はあらためて論じたい。

さて、六種すべての秀歌撰が採っている家持歌は、先掲した青木氏論稿の副題にある

二十三日に興に依《よ》りて作る歌二首
春《はる》の野《の》に霞《かすみ》たなびきうら悲《がな》しこの夕影《ゆふかげ》にうぐひす鳴《な》くも
わがやどのいささ群竹《むらたけ》吹《ふ》く風《かぜ》の音《おと》のかそけきこの夕《ゆふへ》かも

二十五日に作る歌一首
うらうらに照《て》れる春日《はるひ》にひばり上《あ》がり心悲《こころがな》しもひとりし思《おも》へば
春日遅々《ちち》にして、鶬鶊《うぐひす》正《まさ》に啼《な》く。悽惆《せいちう》の意、歌に非《あら》ずしては撥《はら》ひ難《かた》きのみ。よりてこの歌を作り、もちて締緒《ていしよ》を展《の》ぶ。……

（巻十九・四二九〇～四二九二）

という天平《てんぴょう》勝宝《しょうほう》五（七五三）年二月に家持が詠んだ、いわゆる「春愁《しゅんしゅう》三首」（絶唱《ぜっしょう》三首とも。以下はたんに「春愁三首」と記す）」だけである。この三首の評価をめぐる詳細は青木氏論稿を参照願いたいが、『アララギ』所載の「萬葉集百首選」でも高い得票数（それぞれ順に四一票、六五票、五九票）を得ており、現代的な観点からすれば、まさに家持の《おもて歌》と言っても過言ではない。なおこの三首は、四二九一と四二九二が藤原仲実《なかざね》『綺語抄《きごしょう》』や藤原範兼《のりかね》『和歌童蒙抄《わかどうもうしょう》』などの歌学書に見え、四二九一は『古今和歌六帖』にも収載されてはいるが、《おもて歌》として本格的に評価されるようになったのは昭和になってからと見て大過ない。

たとえば「春愁三首」以外の『アララギ』所載の「萬葉集百首選」で撰ばれた家持歌だが、

巻四・七六九　「茂吉」・「久松」／「拾遺集」
巻十九・四一四一　「茂吉」・「中公」
巻十九・四一四六　×
巻十九・四一四九　「茂吉」
巻二十・四四六八　「茂吉」・「中西」

のうち七六九が『拾遺和歌集』に採られ、四一四一・四一四六・四一四九の三首は『古今和歌六帖』や歌学書に見えはするが、「春愁三首」同様に昭和になってから家持の《おもて歌》とされるようになったものに偏る。ついでながら、七六九は十票を得ているが三人の撰歌では採られなかった。同じように三人の撰歌では採られなかったが十一票を得た巻十七・三九八七を「茂吉」が採っている。あとひとつ、後述する巻十九・四一三九も十一票を得ている。

また、先掲した六種の秀歌撰のうち、半分の三種以上に採られた家持歌は、「春愁三首」を除くと、次の三首だけである。

巻六・九九四　「茂吉」・「松尾」・「中西」

巻十九・四一三九　「茂吉」・「松尾」・「中西」・「佐佐木」　／　「古来風体抄」

巻二十・四五一六　「茂吉」・「中西」・「佐佐木」

九九四は家持の初作歌かとされている「初月《みかづき》の歌」、四一三九は、いわゆる「越中秀吟《しゅうぎん》」冒頭の歌、四五一六は『萬葉集』終焉歌というように、いずれも家持という《歌人《うたびと》》を考える上で重要な歌であろう。しかしながら、四一三九が『古来風体抄』に採られてはいるが、三首とも昭和になって採られるようになったと言える様態にあるのは「春愁三首」に同じい。

ところで、昭和以前の秀歌撰などで採られた歌のうち、前節で検討を加えた『後撰和歌集』・『拾遺和歌集』と公任『三十六人撰』について、昭和以前と以降を「／」で区切って示すと、次のような様態が確認できる。

・『後撰和歌集』

巻八・一四四一　「拾遺集」　／　×

巻八・一四四八　×／×

巻八・一五七二　×／×

・『拾遺和歌集』（『後撰和歌集』に既出するものは除く）

▼巻四・七六九　×／「アララギ（◎）」・「茂吉」・「久松」

巻八・一四四六　「公任」／×

・公任『三十六人撰』（『拾遺和歌集』に既出するものは除く）

巻八・一五九八　「新古今」・「真淵」／×

巻二十・四四九〇　×／×

『拾遺和歌集』に採られた七六九を除くと、昭和以降の秀歌撰に採られない歌ばかりで、さきに掲出した昭和以降の秀歌撰に採られた歌と真逆の様態を示す。なお七六九については次節にて後述する。

次に、末尾の付表では三首しか家持歌が採られていないこととなっている『新古今和歌集』だが、じつは家持の歌とされている歌が十一首ある。次ページの表で示したように、十一首のうち実際に『萬葉集』に見える歌は五首で、そのうち「萬葉集」欄に（　）で示した二首は家持歌ではない。ちなみに、この撰集における家持歌の様態は、拙稿Aで少しく検討したように、『家持集』重視のあらわれと思われる。したがって本稿で問題とする歌は三首（巻十九・四一五三、巻八・一五九八、巻三・四六二）となるのだが、すでに公任『三十六人撰』に採られている歌（一五九八）を除く二首について、昭和以前と以降の様態を示すと、

新古今集	萬葉集	家持集	その他の収載状況
巻一・二〇	（巻十・二三一四）	○	『古今和歌六帖』『人麿集』
巻一・八五	×	○	
巻二・一五一	巻十九・四二五三	×	『古今和歌六帖』『綺語抄』『和歌童蒙抄』『袖中抄』など
巻三・一九五	×	○	
巻四・二八五	×	○	
巻四・三三四	巻八・一五九八	×	『新撰和歌』『古今和歌六帖』『三十六人撰』など
巻五・四五七	巻三・四六二	○	『古今和歌六帖』
巻五・四六二	×	○	
巻六・六二〇	×	○	『綺語抄』、『和歌童蒙抄』
巻十一・一〇二五	（巻八・一五九五）	○	
巻十三・一二一三	×	○	

▼巻三・四六二　×／「アララギ（○）」・「久松」

巻十九・四一五三　×／×

となり、『拾遺和歌集』が採っていた七六九と同様の様態が四六二に確認できる。これもまた次節にて後述する。

最後に『古来風体抄』に採られた家持歌について、昭和以降の秀歌撰に採られているか否かで分類すると、次のような結果となる。
・採られていない歌　十五首
巻四・七二七、巻四・七四三、巻八・一四八五、巻十七・三九七九、巻十七・四〇一七、巻十七・四〇二〇、巻十七・四〇二三、巻十九・四一五九、巻十九・四二二九、巻十九・四二四八、巻十九・四二五〇、巻十九・四二五一、巻二十・四三九五、巻二十・四三九六、巻二十・四四一一
・採られている歌　六首
巻四・七三六　「久松」
▼巻十九・四一三九　「アララギ（◎）」・「茂吉」・「松尾」・「中西」・「佐佐木」
巻十九・四一四〇　「佐佐木」
巻十九・四一四三　「アララギ（◎）」・「茂吉」・「佐佐木」
巻十九・四一九九　「アララギ（◎）」・「中西」
巻十九・四二四九　「アララギ（◎）」・「久松」　／　「真淵」
数値的に偏っていると言い切れるほどではないが、二一首のうち十五首、つまり約七割が昭和以降に

採られていないことからすると、さきに掲出した『後撰和歌集』・『拾遺和歌集』・『三十六人撰』に近しい様態であると言っても過言ではなかろう。ちなみに「採られていない歌」十五首には、『古今和歌六帖』や歌学書に引歌されている歌（十五首中十首）が多く、同様な様態は「採られている歌」においても、七三六を除く残り五首がいずれも『古今和歌六帖』に収載されており、四一三九は『家持集』所載歌でもある。

このように、昭和以降の秀歌撰六種で採られている歌は、それ以前には《おもて歌》とされていないものが多い。それとは対照的に、平安・鎌倉時代に《おもて歌》とされていた歌は昭和以降の秀歌撰ではほとんど採られていない。つまり、現代と古典和歌の世界では、《おもて歌》という観点からすると、家持歌の評価はまったく違っていたのである。しかしながら、そのような様態のなかで、「▼」を付した三首のようなめずらしく両者に共通する歌が存する。次節では、これらの歌を検討することで、なぜ家持歌評価の変貌が起こったのかについて卑見を述べたい。

四　評価変化の要因

具体的な検討に入る前に、いまひとつの秀歌撰である賀茂真淵『萬葉新採百首解』の様態を確認しておきたい。

ハ　春《はる》の野《の》にあさる雉《きぎし》の妻恋《つまごひ》に己《おの》があたりを人《ひと》に知《し》れつつ　（巻八・一四四六　他出例→「後撰集」・「拾遺集」）

ロ　さ雄鹿《をしか》の朝立《あさた》つ野辺《のへ》の秋萩《あきはぎ》に玉《たま》と見《み》るまで置《お》ける白露《しらつゆ》　（巻八・一五九八　他出例→「公任」・「新古今集」）

Ⅰ　あをによし奈良《なら》の都《みやこ》は古《ふ》りぬれどもとほととぎす鳴《な》かずあらなくに　（巻十七・三九一九）

Ⅱ　かきつはた衣《きぬ》に摺《す》り付《つ》けますらをの着襲《きそ》ひ狩《かり》する月《つき》は来《き》にけり　（巻十七・三九二一　他出例→「アララギ（○）」・「中西」）

Ⅲ　今朝《けさ》の朝明秋風寒《あさけあきかぜさむ》し遠《とほ》つ人雁《ひとかり》が来鳴《きな》かむ時近《ときちか》みかも　（巻十七・三九四七）

Ⅳ　天皇《すめろき》の御代《みよ》栄《さか》えむと東《あづま》なる陸奥山《みちのくやま》に金花《くがねはな》咲《さ》く　（巻十八・四〇九七　他出例→「アララギ（○）」）

Ⅴ　石瀬野《いはせの》に秋萩《あきはぎ》しのぎ馬並《うまな》めて初鳥狩《はつとがり》だにせずや別《わか》れむ（巻十九・四二四九　他出例→「アララギ」・「久松」）

Ⅵ　宮人《みやひと》の袖付《そでつ》け衣《ごろも》秋萩ににほひ宜《よろ》しき高円《たかまと》の宮《みや》　（巻二十・四三一五）

Ⅶ　秋野《あきの》には今《いま》こそ行《ゆ》かめもののふの男女《をとこをみな》の花《はな》にほひ見《み》に　（巻二十・四三一七）

ハ・ロの二首は、すでに平安・鎌倉時代に《おもて歌》とされている歌だが、残る七首は、真淵以前に《おもて歌》とされたことがない歌である。末四巻のいわゆる「歌日誌」部分に集中していることから、『萬葉集』の注釈書『萬葉考《まんようこう》』を著した真淵の研究者的視点があらわれていると思われる。しかしながら、単純に歌だけを見ると、Ⅳを除くといずれも季節表現が見える歌であり、古典和歌の世界に近しく《おもて歌》を撰んでいると見て大過ない様態にある。

ただし、それまでの古典和歌の世界で採られた《おもて歌》と違って、Ⅰ「奈良の都は古りぬれど」・Ⅲ「秋風寒し」・Ⅴ「初鳥狩だにせずや別れむ」など、単純に季節を詠むだけでない、その季節にある家持の心情を読みとることができる表現が見える歌が含まれていることは注目すべきであろう。さらに、ⅠとⅡは「独《ひと》り平城《なら》の故宅《もとついへ》に居《を》りて作る歌六首」のうちの二首、Ⅲは越中赴任直後の宴席で単身赴任の寂しさが話題になっていた時に詠んだ歌、Ⅴは越中を離れる時に詠んだ歌、そしてⅥとⅦが「独り秋野を憶《おも》ひて、聊《いささ》かに拙懐《せつくわい》を述べて作る」歌六首のうちの二首というように、それぞれの歌が詠まれた時点の家持の心情を読みとりうる歌に偏る点も看過できない。ちなみに、季節表現が見えないⅣもまた「陸奥国《みちのくのくに》に金《くがね》を出《い》だす詔書を賀《ほ》く歌」のなかの一首であり、詔書において大伴氏の忠節が讃えられたことを契機としてその喜びを伝えようと詠まれた歌であることから、やはり真淵は、『萬葉集』に記述されている作歌事情を加味し、まさに研究者的視点から家持歌を撰歌していたのではなかろうか。

古典和歌の世界に近しい様態も示してはいるが、真淵の採った《おもて歌》には、それまでにない家持の心情のあらわれを見てとれる歌が多い。これが、前節末尾で指摘しておいた現代と古典和歌の世界における《おもて歌》の差異、つまり、家持歌の評価が変化した要因と考えられるのである。

▼ひさかたの雨《あめ》の降《ふ》る日《ひ》をただひとり山辺《やまへ》に居《を》ればいぶせかりけり　（巻四・七六九）

【「後撰集」／「アララギ（◎）」・「茂吉」・「久松」】

うち霧《き》らし雪は降《ふ》りつつしかすがに我家《わぎへ》の園《その》にうぐひす鳴《な》くも　（巻八・一四四一）

【「後撰集」・「拾遺集」／×】

春《はる》の野《の》にあさる雉《きぎし》の妻恋《つまごひ》に己《おの》があたりを人《ひと》に知《し》れつつ　（巻八・一四四六）

【「公任」・「拾遺集」／×】

わがやどに蒔《ま》きしなでしこいつしかも花《はな》に咲《さ》きなむなそへつつ見《み》む　（巻八・一四四八）

【「後撰集」／×】

わがやどの尾花《をばな》が上《うへ》の白露《しらつゆ》を消《け》たずて玉《たま》に貫《ぬ》くものにもが　（巻八・一五七二）

【「後撰集」／×】

さ雄鹿《をしか》の朝立《あさた》つ野辺《のへ》の秋萩《あきはぎ》に玉《たま》と見《み》るまで置《お》ける白露《しらつゆ》　（巻八・一五九八）

【「公任」・「新古今」・「真淵」／×】

あらたまの年行《としゆ》き反《がへ》り春立《はるた》たばまづわがやどにうぐひすは鳴《な》け　（巻二十・四四九〇）

【「公任」／×】

『後撰和歌集』・『拾遺和歌集』・公任『三十六人撰』に採られた家持歌である。次行に【　】で示したのは、それぞれの家持歌が採られている文献であり、「／」以下は昭和以降の秀歌撰の様態を示す。一瞥してわかるように、前節で措いておいた「▼」を付した七六九を除き、いずれも昭和以降には採られていない。逆に七六九が昭和以降も採られているのは、おそらく家持の心情が「ただひとり山辺に居ればいぶせかりけり」と明確な形でうたわれているからであろう。なお、『後撰和歌集』では七六九の結句が「むもれたりけり」となっており、若き家持の詠歌を考える上で重要な「いぶせし」という感情語ではない。たしかに『源氏物語』などに見える「むもれ（うもれ）たり」に、引っ込み思案だや陰気だと現代語訳すべき用例（手習巻、賢木巻など）があり、『後撰和歌集』が雑恋巻に収載していることを鑑みると、家持の心情があらわれていると判断していたと推定しうる。ちなみに一四四八の「なそへつつ見む」や一五七二の「消たずて玉に貫くものにもが」にも心情の吐露は認められるが、『後撰和歌集』ではそれぞれ夏巻と秋中巻に収載されており、一四四八は『萬葉集』では相聞に分類されてはいるが、さきの七六九とは違って、単純な季節歌として享受していたと思われる。

同様に、『古来風体抄』と『新古今和歌集』に採られた家持歌の様態を示すと、次のようになる。

▼今《いま》よりは秋風《あきかぜ》寒《さむ》く吹《ふ》きなむをいかにかひとり長《なが》き夜《よ》を寝《ね》む　（巻三・四六二）

【「新古今集」／「アララギ（〇）」・「久松」】

月夜《つくよ》には門《かど》に出《い》で立《た》ち夕占《ゆふけ》問《と》ひ足占《あしうら》をそせし行《ゆ》かまくを欲《ほ》り　（巻四・七三六）

【「古来風体抄」／「久松」】

▼春《はる》の苑《その》紅《くれなゐ》にほふ桃《もも》の花下《はなした》照《で》る道《みち》に出《い》で立《た》つ娘子《をとめ》　（巻十九・四一三九）

わが園《その》の李《すもも》の花《はな》か庭《には》に散《ち》るはだれのいまだ残《のこ》りたるかも
【「古来風体抄」／「アララギ（○）」・「茂吉」・「松尾」・「中西」・「佐佐木」】（巻十九・四一四〇）

もののふの八十《や そ》娘子《をとめ》らが汲《く》みまがふ寺井《てらゐ》の上《うへ》の堅香子《かたかご》の花《はな》
【「古来風体抄」／「佐佐木」】（巻十九・四一四三）

漢人《からひと》も筏浮《いかだうか》べて遊《あそ》ぶといふ今日《けふ》そわが背子《せこ》花縵《はなかずら》せよ
【「古来風体抄」／「アララギ（○）」・「茂吉」・「佐佐木」】（巻十九・四一五三）

藤波《ふぢなみ》の影《かげ》なす海《うみ》の底清《そこきよ》み沈《しづ》く石《いし》をも玉《たま》とそ我《あ》が見《み》る
【「新古今集」／×】（巻十九・四一九九）

石瀬野《いはせの》に秋萩《あきはぎ》しのぎ馬並《うまな》めて初鳥狩《はつとがり》だにせずや別《わか》れむ
【「古来風体抄」／「アララギ（○）」・「中西」】（巻十九・四二四九）
【「古来風体抄」・「真淵」／「アララギ（○）」・「久松」】

さきの場合と同様に「▼」を付した四六二には明確な形で家持の心情がうたわれているが、あと一首、『萬葉集』で相聞歌として分類されている七三六にも家持の心情がうたわれている。そして、それ以外は季節歌と判断しうる歌に偏る。ただ、さきの場合と異なるのは、四一五三を除き、いずれも昭和以降の秀歌撰に採られていることである。七三六は明確に恋歌であるが、それ以外は、『新古今和歌集』では秋下巻に収載されている四六二、真淵の用例として先掲し、家持の心情を読みとりうるとした四二四九も含め、いずれも季節歌と判断されていたのではなかろうか。四一三九・四一四〇・四一四三などのいわゆる「越中秀吟」中の歌や、水面に映る花を詠んだ点が後世に大きな影響を及ぼした四一九九などは、まさに家持の季節歌の到達点のひとつと言えよう。したがって現代においても《おもて歌》と判断されたのであろう。

ところで、いまひとつ「▼」を付した四一三九は、『古来風体抄』においてはじめて《おもて歌》として採られた歌である。ただし、末尾に参考文献として掲出した拙稿Cにおいて少しく検討したように、引用初出となる『古今和歌六帖』を含め、結句が「いでたてるいも」と訓ぜられて享受されており、昭和以降のように正しく訓ぜられて享受されていたわけではない。同様な様態は、昭和以降の秀歌撰などに三種採られている四一四三にも確認でき、結句「堅香子の花」は「かたかしの花」と訓ぜられて享受されていた。しかしながら、誤った訓読ではあれ、俊成がこの二首を家持の《おもて歌》としたのは、まさに家持の季節歌の到達点と判断していたからと思われる。現在この二首は研究者的視点から「越中秀吟」と呼ばれている歌群に含まれることを鑑みると、俊成には昭和以降にも通ずる先見の明があったと言えようか。

さて、前節で《真逆》と述べたように、昭和以降の秀歌撰において複数に採られているものと『アララギ』所載の百首選に採られた家持歌の様態は次のようになる。次行に【　】で示したのは、それぞれ採られている昭和以降の文献を示し、「／」の前に昭和以前の秀歌撰に採られているものを示す。

ひさかたの雨《あめ》の降《ふ》る日《ひ》をただひとり山辺《やまへ》に居《を》ればいぶせかりけり　（巻四・七六九）

【「後撰集」／「アララギ（◎）」・「茂吉」・「久松」】

振《ふ》り放《さ》けて三日月《みかづき》見《み》れば一目《ひとめ》見《み》し人《ひと》の眉引《まよび》き思《おも》ほゆるかも　（巻六・九九四）

【×／「茂吉」・「松尾」・「中西」】

春《はる》の苑《その》紅《くれなゐ》にほふ桃《もも》の花下照《はなしたで》る道《みち》に出《い》で立《た》つ娘子《をとめ》　（巻十九・四一三九）

【「古来風体抄」／「アララギ（○）」・「茂吉」・「松尾」・「中西」・「佐佐木」】

春《はる》まけてもの悲《がな》しきにさ夜更《よふ》けて羽振《はふ》き鳴《な》く鴫《しぎ》誰《た》が田《た》にか住《す》む　（巻十九・四一四一）

【×／「アララギ（◎）」・「茂吉」・「中公」】

夜《よ》ぐたちに寝覚《ねさ》めて居《を》れば川瀬《かはせ》尋《と》め心《こころ》もしのに鳴《な》く千鳥《ちどり》かも　（巻十九・四一四六）

【×／「アララギ（◎）」】

あしひきの八《や》つ峰《を》の雉《きぎし》鳴《な》きとよむ朝明《あさけ》の霞《かすみ》見《み》れば悲《かな》しも　（巻十九・四一四九）

【×／「アララギ（◎）」・「茂吉」】

★春《はる》の野《の》に霞《かすみ》たなびきうら悲《がな》しこの夕影《ゆふかげ》にうぐひす鳴《な》くも　（巻十九・四二九〇）

【×／「アララギ（◎）」・六種すべて】

★わがやどのいささ群竹《むらたけ》吹《ふ》く風《かぜ》の音《おと》のかそけきこの夕《ゆふへ》かも　（巻十九・四二九一）

【×／「アララギ（◎）」・六種すべて】

★うらうらに照《て》れる春日《はるひ》にひばり上《あ》がり心悲《こころがな》しもひとりし思《おも》へば　（巻十九・四二九二）

【×／「アララギ（◎）」・六種すべて】

うつせみは数《かず》なき身《み》なり山川《やまかは》のさやけき見《み》つつ道《みち》を尋《たづ》ねな　（巻二十・四四六八）

【×／「アララギ（◎）」・「茂吉」・「中西」】

新《あら》しき年《とし》の初《はじ》めの初春《はつはる》の今日《けふ》降《ふ》る雪《ゆき》のいや重《し》け吉事《よごと》　（巻二十・四五一六）

【×／「アララギ（○）」・「茂吉」・「中西」・「佐佐木」】

一瞥してわかるように、『古来風体抄』にも採られ、昭和以降の秀歌撰四種に採られた四一三九と、いわゆる「春愁三首」のうちの四二九一を除くと、引用歌に傍線を付したように家持の心情を読みとりうる歌に偏る様態を示している。さらに、波線を付した四一四六の「心もしのに」は、文脈的には千鳥が鳴くさまに対する評価語と思われるが、小学館『新編日本古典文学全集』本が「聞く人の胸がせつないほど」と現代語訳したように、その背後に家持の心情を読みとるのが一般的な解釈のようである。つまり、四一三九と四二九一を除くいずれもが心情の吐露がうたわれている歌となり、まさに本節前半で検討した古典和歌の世界で採られていた家持歌とは《真逆》の様態を示している。ちなみに四二九一についても、「★」を付した「春愁三首」のなかの一首として他の二首に類する感情を「かそけき」に読みとっているのかもしれないと感ずる。

そこで注目したいのは、三節に掲出した青木氏論稿の言説である。

・空穂は『万葉集選』において、家持三首を「家持の特色の最もよく」現われた歌として著しく高い評価をしているが、この評言の中で見逃しがたいことは、橋本氏が指摘（橋本達雄氏「秀歌三首の発見―窪田空穂顕彰―」同氏著『大伴家持作品論攷』〔笠間書院刊　昭60・11〕を指す・稿者注）しているように、いずれも「気分に象《すがた》を与へた歌」だとし「写生の歌ではない」と強調している点である。この二点は「空穂の歌論および実作と密接に結び合うもので、秀歌三首発見の必然を解き明かす重要な鍵となるものである」と橋本氏が述べたことは正しい。

・このような気分、情調といった普遍的な感情があからさまにうたわれるようになったのは、わが国の詩歌における曙を告げる藤村の新体詩あたりからである。明星派の意気高らかな恋愛感情とも、根岸系の単純な写生、叙景とも相容れず、自然主義の影響を受けて、短歌に微細な気分を表わすことを提唱し、実践した空穂はそうした短歌における近代的傾向を示す一人であったし、詩界におけるその傾向は、露風、朔太郎に至って最高度の芸術世界を獲得したものであることは周知のとおりである。こうした近代芸術の傾向を代表する空穂や朔太郎らにより、家持の歌は高く評価されたのである。しかもそれは多くの人の胸中に存在するある種の詩情を示すもの、いわば万人に共鳴する普遍性を宿す詩情にも他ならないのである。今の私たちにも家持の歌に親近感がもてるのは、近代に生きてきた、しかもそれだけでない、芸術の近代性の普遍に浴しているからだとはいえないだろうか。

少しく長文の引用となったが、最初の傍線部分にあるように、家持が『萬葉集』を通して本格的に享受される契機となったのは、空穂が家持歌に対して多用する「気分」ということばだったと考えられるのである。この「気分」について鉄野昌弘氏「大伴家持の歌風—窪田空穂の「気分」をめぐって—」(『国語科通信』90 平6・6)は、「表層の意識の下に広がる、その時の全人格、或いはそのエッセンス」と把捉され、「其時に直接触れたもの」と「無意識に溶け合」っている状況をあらわすことばと述べておられる。つまりは、たんなる写生の歌などではなく、家持が見聞したものと家持みずからが溶け合うことで、青木氏の言うところの「万人に共鳴する普遍性を宿す詩情」がうたわれた歌こそ秀歌と判断されるようになり、家持の《おもて歌》も変貌することとなったのである。古典和歌の世界において季節歌をもって秀歌とされていた家持は、その歌世界の根底にある「気分」とか「情調」が重んじられるようになり、まさに《近代性》を持った《歌人《うたびと》》として——それが家持歌の本質を正しく把捉したものか否かは別として——評価されるようになったと言っても過言ではなかろう。

ちなみに、梶川信行氏編『おかしいぞ！国語教科書　古すぎる万葉集の読み方』(笠間書院刊　平28・11)所収の佐藤愛氏作成による「『国語総合』における『万葉集』の採択状況一覧」によると、「国語総合」の教

科書に採られている家持歌は、

振《ふ》り放《さ》けて三日月《みかづき》見れば一目見《ひとめみ》し人《ひと》の眉引《まよび》き思《おも》ほゆるかも　（巻六・九九四）

▼春《はる》の苑《その》紅《くれなゐ》にほふ桃《もも》の花下照《はなしたで》る道《みち》に出《い》で立《た》つ娘子《をとめ》　（巻十九・四一三九）

春《はる》の野《の》に霞《かすみ》たなびきうら悲《がな》しこの夕影《ゆふかげ》にうぐひす鳴《な》くも　（巻十九・四二九〇）

わがやどのいささ群竹《むらたけ》吹《ふ》く風《かぜ》の音《おと》のかそけきこの夕《ゆふへ》かも　（巻十九・四二九一）

▼うらうらに照《て》れる春日《はるひ》にひばり上《あ》がり心悲《こころがな》しもひとりし思《おも》へば　（巻十九・四二九二）

の五首だが、そのなかでもずば抜けて多くの教科書に採択されているのは、「▼」を付した二首である。一瞥してわかるように、九九四は家持の初作歌かとされている「初月《みかづき》の歌」、四一三九は、いわゆる「越中秀吟」冒頭の歌、あとの三首はいわゆる「春愁三首」である。教科書に採択するという理由からか、明らかに研究者的視点による採歌と思われる。

この教科書採択の様態を含めてみてもやはり、現代における家持の《おもて歌》と言えば「春愁三首」なのだろう。しかしながら、唯一『古来風体抄』に採られているだけではあるが、古典和歌の世界から現代に至るまで《おもて歌》として採られていることを鑑みると、

春《はる》の苑《その》紅《くれなゐ》にほふ桃《もも》の花下《はなした》照《で》る道《みち》に出《い》で立《た》つ娘子《をとめ》　（巻十九・四一三九）

こそが、まさに家持の《おもて歌》なのではなかろうか。ただし、すでに述べたように『古来風体抄』もまた研究者的視点で家持歌を評価しているのだが。

五　さいごに

さいごに、原型富山歌人会の歌誌『原型富山』に不定期で連載していた拙稿「歌論書ひろいよみ」（未完）において検討していた平安時代から鎌倉時代初期にいたる秀歌をめぐる問題について少し触れておきたい。

藤原公任は『和歌九品《くほん》』という歌学書において十八首の歌を九等に格付けし、どういう歌が優れた歌なのか、何を手本として作歌すればいいのかという指針を示した。その上品上、つまり最上の秀歌は「ことば妙《たへ》にして、余りの心さへある」歌だと主張する。また藤原定家は、同時代の歌を批判し、彼が理想とする「余情妖艶体」の源流として『古今和歌集』に見える業平の歌を絶賛する。

つまり、「余りの心」ある歌・「余情」の歌は古典和歌の伝統のなかでつねに秀歌として位置づけられていたのである。心とは容易にことばで語り尽くせるものではない。また歌人たちはつねにことばの彼方に滑り抜ける心のあやにくさを痛感してきたであろう。その結果として言外に漂う暗示・象徴的な効果を手法化してきたのである。したがって、『古今和歌集』仮名序において「心余りて、詞《ことば》足らず」と評された六歌仙のひとり在原業平《ありわらのなりひら》の歌は、濃密なことばの補充を誘うこととなり、解釈する魅力に満ち満ちた歌として評価されることとなったのである。

ところで、公任の歌論書『新撰髄脳《しんせんずいのう》』のなかに、仮名序の筆者である紀貫之《きのつらゆき》が「歌の本《もと》とすべし」と考えていた次の歌が挙げられている。

風吹《かぜふ》けば沖《おき》つ白波《しらなみ》たつた山夜半《やまよは》にや君《きみ》がひとり越《こ》ゆらむ

この歌は『古今和歌集』では「読人しらず」だが、『伊勢物語』から業平歌と考えられている歌である。この歌はけっして「余情」の歌ではない。貫之が主張した「花実相兼」の歌であり、当然のこととして貫之撰『新撰和歌』にも取りあげられている。この『新撰和歌』は貫之晩年に著した秀歌撰だが、その序文のなかに「花実相兼」ということばが出てくる。上代の歌は内容は奥深いが表現はまだ質素であり、貫之の生きた現代の歌は表現こそ巧みだが内容は浅薄ものだと述べて、

弘仁《こうにん》より始めて延長《えんちやう》に至る詞人の作、花実相《あ》ひ兼《か》ねたるを抽《ぬ》けるのみ。今の撰ぶところは玄のまた

玄なり。

として三六〇首の歌を撰んだのが『新撰和歌』であり、およそ百年間の歌のなかから撰んだ歌は「玄のまた玄」つまり秀歌のなかの秀歌だと言うのである。そして、その基準が「花実相ひ兼ねたる」ことだと貫之は主張している。

「花」とは表現形式つまり「詞」であり、「実」はその内容つまり「心」である。「相ひ兼ねたる」とは、詞と心がうまく調和していることを言うのであろう。歌は本来一回的なものである。しかしながら、その特定の場を離れてもなお一首として享受されるためには、表現されている内容とその表現方法が共通理解とならなければならない。貫之の歌論的立場は、「詞（意味的脈絡）」が明晰で、「心（内容）」が言語的に秩序化されいることを理想としてしていたようである。そのために「心」と「詞」の調和が必要で、それが共通理解とならなければならないと言うのだ。

けっして貫之は「心余りて、詞足らず」と業平を完全否定したわけではない。この言説こそに、「心」と「詞」のバランスを問題としていた貫之の主張が如実にあらわれているのである。業平歌は、豊富な内容（心）に比して表現（詞）が十分でないと貫之は考えていたにすぎない。つまり、公任の言う「ことば妙」でなかったから「花実相兼」の主張とあわないと考えていたのである。業平に対する貫之の言説は、本来「花実相兼」を主張する立場からのやや否定的なものに過ぎなかったのだが、この言説は曲解されてゆくことになる。その結果として「余情」という美意識が和歌の伝統のなかで重視されてゆき、貫之歌のなかからも「余情」の歌が評価されることとなる。つまり、貫之が残した仮名序の言説は、貫之の意図とはやや違った方向で解されるようになり、それが和歌の伝統の本流となってゆくのである。

ところで、先掲した公任の『新撰髄脳』に、次のような一節がある。

およそ歌は心ふかく姿きよげに、心にをかしき所あるを、すぐれたりといふべし。

そもそも歌は、こめられた心が深くて姿が美しく整っていて、人を惹きつけるようなおもしろい発想があるのが優れていると言うのである。この一節から、公任にとって秀歌とは作者側から判定されるものではなく、享受する側に快い印象を与えるものだと考えていたことがうかがえる。つまり、公任が言う「心」はけっして作者に内包する思想的なものではなく、むしろ、あくまでも歌を鑑賞する者に向ける心配りのようなものだったのだ。さらに、「きよげ」はきちんとしていて整っているさまをあらわすことばであることから、深い「心」がきちんとした「姿」で表現されている歌が良いという公任の言説には、貫之の「花実相兼」の継承を見てとることができる。

しかし、公任は別の一節で、

心姿相具《あひぐ》する事かたくは、まづ心をとるべし。

とも主張している。心を表現することと歌の姿を整えることが両立できない時は、まず心を重視せよと言うのである。すべてを兼ね備えた理想的な和歌を詠出することはなかなかむずかしい。「花実相兼」や「心姿相具」などは理想論だと言っても過言ではなかろう。そのようななかで公任は、最終的に不可欠なものは「心」だと主張しているのである。このことは看過できない。

さきにも述べたが、公任の言う「心」は作者の内面的な部分をあらわしているのではない。和歌は本来贈り物のひとつであった。平安時代の和歌は、特定の相手（複数の場合も考えられる）に伝え、見てもらうことを前提としたものが多い。だからこそ「心」を重視するのである。おそらく貫之の言う「心」もまた同様だったと思われる。だから業平歌に「心余りて、詞足らず」と言ったのであろう。業平歌は貫之に贈られたものではない。したがって業平の「心」を十分に理解できなかったから、貫之は「心余りて、詞足らず」と評価したのではなかろうか。

貫之や公任が活躍していた時代、和歌は贈り物のひとつとして重要な役割を担っていた。「姿」が少々不格好であっても、深い「心」がこめられていればよい。しかも相手が「をかし」と思えるような贈り手（作者）の「心」が不可欠だったのである。貫之の主張が後世「心」偏重の形へと曲解されてゆくのは、そのような背景があったからである。そして、時代は徐々に和歌の役割を変化させてゆく。題詠が和歌の中心となり、さらに和歌が芸術のひとつとして意識されるようになる中世あたりになると、「心」の意味も作者に内包する思想的なものへと変化してゆくこととなる。

このような歌学の流れのなかに家持歌の評価も置かれていたわけである。したがって、貫之が『新撰和歌』序文で上代の歌を内容は奥深いが表現はまだ質素であると述べたように、直接的か象徴的かは別としても家持が歌にこめた「心」がうまく「詞」になっていないと判断されれば、けっして評価につながることはなかったであろう。だからこそ、おのずから歌にこめられている「心」がより共通理解となりやすい季節歌に家持の《おもて歌》が偏ることとなったのである。そして、『萬葉集』享受の様態が明白に確認でき、それが『萬葉集』の注釈・類聚という営為にもつながってゆく鎌倉時代初期の様態の先蹤とも言うべき俊成の『古来風体抄』あたりから、ある意味で研究者的視点をもって家持の「心」が正しく理解されるようになる。そして昭和に至って、まさにその家持の「心」が如実にあらわれた歌こそ《おもて歌》と判断されるようになったのである。

さて、『萬葉集』以後の家持の《おもて歌》を概観的にたどってみたが、公任によって「三十六歌仙」に数えられた家持は、歌仙のひとりとして評価されていたことはまちがいない。しかし、それはけっして『萬葉集』時代の《歌人《うたびと》》としてではなく、あくまでも歌仙のひとりとして『家持集』重視のなかにおいてであった。したがって、現代人が評価する家持歌はほとんど顧みられることはなく、それぞれの時代に合った、というよりは、『古今和歌集』という最初の勅撰和歌集にはじまる古典和歌の伝統と歌学書に語れる秀歌基準にかなった詠歌を通して評価されていたと言うべきかもしれない。もし極言が許されるならば、現代人が評価している家持歌は、古典和歌の伝統からすればある種の《異端》だったのであって、けっして評価に結びつくものではなかったと言えようか。そして、大正時代になり、そのような伝統から脱却した歌人・研究者たちが、はじめて家持を『萬葉集』時代の《歌人》として正しく評価するようになったのである。そして、山本健吉『大伴家持』（筑摩書房刊　昭46・7）や北山茂夫『大伴家持』（平凡社刊　昭46・9）などの公刊が契機となって、まさに本格的な家持研究がはじまるのである。そう、『萬葉集』を通して家持の本格的な評価がはじまったのは、じつに新しいのである。

　本稿をなすにあたり参考とした論稿は数限りない。すでに規定文字数を超過しており、そのすべてを参考文献として掲出することがかなわなくなった。本稿が参考とした論稿の大半は、高岡市万葉歴史館のホームページにある図書閲覧室の論文検索サービスにて、たとえば「家持　秀歌」や「家持　後撰」、「家持　春愁」などのキーワードを入力することで検索できるので、ご利用いただければ幸甚である。はなはだ煩雑な上に性急な結論ではあるかもしれないが、ご教示・ご叱正をお願いする次第である。

参考文献（本文中に引用したもので、文中では、それぞれアルファベットを付して示した）

・拙稿Ａ　「家持秀歌の変貌―『百人一首』の家持歌ノート―」（『高岡市万葉歴史館紀要』5　平7・3）
・拙稿Ｂ　「『萬葉集』を見た公任―『四条大納言歌枕』・『公任卿古今集注』の逸文を例に―」（『日本文藝研

究』48─2　平8・9）

・拙稿C　「家持秀歌の流転─巻十九巻頭歌のばあい─」（『高岡市万葉歴史館紀要』6　平8・3）および「家持秀歌の享受─『萬葉集』伝来をめぐる臆見─」（『高岡市万葉歴史館紀要』8　平10・3）

使用テキスト（なお、適宜引用の表記を改めたところがある）

萬葉集→小学館刊『新編日本古典文学全集』

勅撰集→岩波書店刊『新日本古典文学大系』

『百人一首』・公任『三十六人撰』・俊成『三十六歌仙歌合』→岩波文庫『王朝秀歌選』

歌学書→『古来風体抄』は岩波書店刊『日本思想大系』、それ以外は風間書房刊『日本歌学大系』

『新撰和歌』→角川書店刊『新編国歌大観』

【付表】昭和以降の秀歌撰に採られた家持歌（短歌のみ）

【凡例】・なお、比較するために、本文三節で述べたように、昭和以前の様態も組み入れてある。

・本文で採りあげた秀歌撰にまったく採られていない家持歌は除外した。

・また、本文にて検討を加えた歌は、太字で示してある。

家持歌		平安・鎌倉	真淵	アララギ	茂吉	松尾	中公	久松	中西	佐佐木
巻三	**四六二**	**新古今集**		○（2）				○		

	1	2	3	4	5	6	7	8	9
四六四			○（5）				○		
四六五							○		
四六七							○		
四六八							○		
四六九							○		
四七〇			○（2）				○		
四七一							○		
四七二			○（2）						
四七四			○（2）						
四七五								○	
四七六								○	
四七七			○（6）	○				○	
巻四									
六一一							○		
六一二							○		
七一四							○		
七一五							○		

七一六						○			
七二七	古来風体抄								
七三六	古来風体抄					○			
七四一			○（2）		○	○			
七四三	古来風体抄								
七四四			○（2）						
七四五						○			
七五一					○				
七五四					○				
七六四						○			
七六五					○				
七六八					○				
七六九	**拾遺集**		◎（10・岡）	○		○			
七七五						○			
七七九			○（2）			○			
七八〇						○			

	七八六						○		
	七八八						○		
巻六	九九四				○	○			○
	一〇三三			○（2）					
	一〇四三						○		
巻八	**一四四一**	**後撰集・拾遺集**							
	一四四六	**拾遺集・公任**	○						
	一四四八	**後撰集**							
	一四六二						○		
	一四六三						○		
	一四七九			○（2）				○	
	一四八五	古来風体抄							
	一四九四			○（3）	○	○			
	一五五四						○		
	一五六六			○（2）					
	一五六八			○（6）		○			

	一五七二	後撰集								
	一五九八	公任・新古今集	○							
	一六〇三							○		
	一六〇五							○		
	一六三一							○		
	一六三五							○		
巻十六	三八五三					○		○		
	三八五四					○		○		
巻十七	三九〇〇									○84
	三九一一			○(2)						
	三九一九		○							
	三九二一		○	○(2)					○	
	三九二六			○(4)						
	三九四七		○							
	三九五四			○(5)						
	三九五七								○	

	三九五八			○ (3)					○	
	三九五九								○	
	三九六三								○	
	三九七九	古来風体抄								
	三九八七			○ (11)	○					
	四〇〇〇								○	
	四〇〇一								○	
	四〇〇二								○	
	四〇一七	古来風体抄								
	四〇二〇	古来風体抄								
	四〇二三	古来風体抄								
	四〇二四			○ (2)					○	
	四〇二九			○ (5)	○					
巻十八	四〇四四								○	
	四〇五四								○	
	四〇八六				○				○	

四〇八八								○	
四〇九四								○	
四〇九五								○	
四〇九六			○(4)						
四〇九七		○	○(7)					○	
四〇九七				○				○	
四一〇二								○	
四一〇九								○	
四一一一							○		
四一一二							○		
四一一三							○		
四一二三			○(2)	○			○		
四一二四							○		
四一三四				○				○	
巻十九									
四一三九	**古来風体抄**		○(11)	○	○			○	○ 18
四一四〇	古来風体抄								○ 50

四一四一			◎（1・土）	○		○			
四一四二			○（4）						
四一四三	古来風体抄		○（7）	○					○46
四一四六			◎（4・土）						
四一四九			◎（9・斎）	○					
四一五〇			○（6）			○	○		
四一五三	新古今集								
四一五九	古来風体抄								
四一六二			○（2）						
四一六五			○（9）	○					
四一九九	古来風体抄		○（4）					○	
四二〇六			○（7）						
四二二五			○（2）						
四二二六			○（3）	○				○	
四二三九	古来風体抄								
四二四八	古来風体抄								

	四二四九	古来風体抄	○	○（3）				○		
	四二五〇	古来風体抄								
	四二五一	古来風体抄								
	四二八五			○（2）						
	四二八六			○（2）						
	四二九〇			◎（41・土）	○	○	○	○	○	○ 2
	四二九一			◎（65・斎、土）	○	○	○	○	○	○ 19
	四二九二			◎（59・斎、土）	○	○	○	○	○	○ 13
巻二十	四三〇五				○					
	四三一五		○							
	四三一七		○							
	四三九五	古来風体抄								
	四三九六	古来風体抄								
	四三九九			○（2）						○ 90
	四四一一	古来風体抄								
	四四三四			○（5）	○					

四四六七			○(5)	○					
四四六八			◎(1・土)	○				○	
四四八三			○(2)			○			
四四九〇	公任								
四四九三			○(2)	○				○	
四四九四			○(2)	○					
四五一二			○(2)	○					
四五一五								○	
四五一六			○(4)	○				○	○ 17

編集後記

高岡市では、平成二十九年度を大伴家持生誕一三〇〇年の記念の年として位置づけ、十月一日に越中国庁があったとされる勝興寺において記念式典を執り行い、高岡市美術館にて「家持の時代展」（九月二十二日～十月二十二日）、高岡市・福井県越前市・石川県金沢市と東京にて演劇「大伴家持『剣に歌に、夢が翔ぶ！』」（十一月二十六日、二十八日、三十日、十二月五日）を開催するなど、さまざまな記念事業を展開してきた。高岡市万葉歴史館でも「大伴家持歌をよむⅠ」をテーマに、越中国守以前の若き家持の歌を取りあげた三講義による高岡万葉セミナーを開催した。そして、この記念の年の締めくくりとして、高岡万葉セミナーの成果を組み入れて高岡市万葉歴史館論集の十八冊目『大伴家持歌をよむⅠ』をお届けする。

若き家持の歌を「虚」や「もの学び」の視点から捉えた論稿にはじまり、紀女郎との相聞や妻坂上大嬢へ贈った相聞長歌、そして、いわゆる「歌日誌」冒頭の補遺部分に見える歌など、越中国守以前の家持を考える上で重要な歌を取りあげた。さらに、若き家持の歌が「おもて歌」とされていた家持歌享受の実態に関わる論稿も加え、家持の歌世界を明らかにするのが本論集の趣旨である。なお、ご多忙にもかかわらず、高岡万葉セミナーでの講義だけでなく、その内容をあらためてまとめていただいた先生方に深謝申し上げたい。

高岡市が家持の生誕記念の年を数え年で計算したのに対し、富山県は満年齢で計算して、平成三十年度を大伴家持生誕一三〇〇年記念の年として位置づけ、さまざまな記念事業を展開する予定である。そこで、富山県の記念事業との連携を考えて、来年度の十九冊目は『大伴家持歌をよむII』と題し、越中国守以後の家持の歌について探ってみたい。

末筆ながら、出版不況とも言われているなか、高岡市万葉歴史館論集の刊行を引き受けていただいた池田圭子代表取締役をはじめとする笠間書院の皆さまには、深甚なる謝意を申し上げたい。

平成三十年三月

「高岡市万葉歴史館論集」編集委員会

執筆者紹介（五十音順）

内田《うちだ》賢徳《まさのり》　一九四七年島根県生、京都大学大学院中退、京都大学名誉教授。『萬葉の知―成立と以前』（塙書房）、『上代日本語表現と訓詁』（塙書房）、「西風の見たもの―上代日本における中国詩文」（『萬葉』210号）ほか。

坂本《さかもと》信幸《のぶゆき》　一九四七年高知県生、同志社大学大学院修士課程修了、高岡市万葉歴史館館長、奈良女子大学名誉教授。『万葉事始』（共著・和泉書院）、『セミナー万葉の歌人と作品（全12巻）』（共編著・和泉書院）、『萬葉集CD-ROM版』（共編・塙書房）、『萬葉拾穂抄影印翻刻（全4冊）』（共著・塙書房）、『萬葉集電子総索引（CD-ROM版）』（共編・塙書房）ほか。

新谷《しんたに》秀夫《ひでお》　一九六三年大阪府生、関西学院大学大学院修了、高岡市万葉歴史館学芸課長。『うたわれた富山湾』（日本海学研究叢書・富山県）、『越中万葉うたがたり』（私家版）、「藤原仲実と『萬葉集』」（『美夫君志』60号）、「「掲乱」改訓考」（『萬葉語文研究』4集）ほか。

鈴木《すずき》崇大《たかお》　一九七七年福島県生、東京大学大学院単位取得退学、高岡市万葉歴史館研究員。「「歌」を「思」ということ――山部赤人の伊予温泉歌――」（『上代文学』115号）、「詠歌と伝承と――山部赤人の場合」（古橋信孝他編『古代歌謡とはなにか　読むための方法論』笠間書院）ほか。

関《せき》　隆司《たかし》　一九六三年東京都生、駒澤大学大学院修了、高岡市万葉歴史館主幹。「大伴家持が『たび』とうたわないこと」（『論輯』22）、「藤原宇合私考（一）」（『高岡市万葉歴史館紀要』第11号）ほか。

平舘《たいらだて》英子《えいこ》　一九四七年神奈川県生、東京教育大学大学院中退、博士（文学）、日本女子大学名誉教授。『萬葉歌の主題と意匠』（塙書房）『萬葉悲別歌の意匠』（塙書房）「万葉和歌における様式―序詞をめぐって―」（『上代文学』118号）ほか。

田中《たなか》夏陽子《かよこ》　一九六九年東京都生、昭和女子大学大学院修了、高岡市万葉歴史館主任研究員。「武蔵国防人の足柄坂袖振りの歌」（『高岡市万葉歴史館紀要』17号）、「万葉集におけるよろこびの歌」（同20号）ほか。

高岡市万葉歴史館論集 18

大伴家持歌をよむ Ⅰ

平成 30 年 3 月 30 日　初版第 1 刷発行

編　者　高岡市万葉歴史館 ©
装　幀　笠間書院装幀室
発行者　池田圭子
発行所　有限会社　**笠間書院**
〒 101-0064　東京都千代田区神田猿楽町 2-2-3
電話 03-3295-1331(代)　振替 00110-1-56002
印　刷　太平印刷社
NDC 分類：911.12
ISBN 978-4-305-00248-8

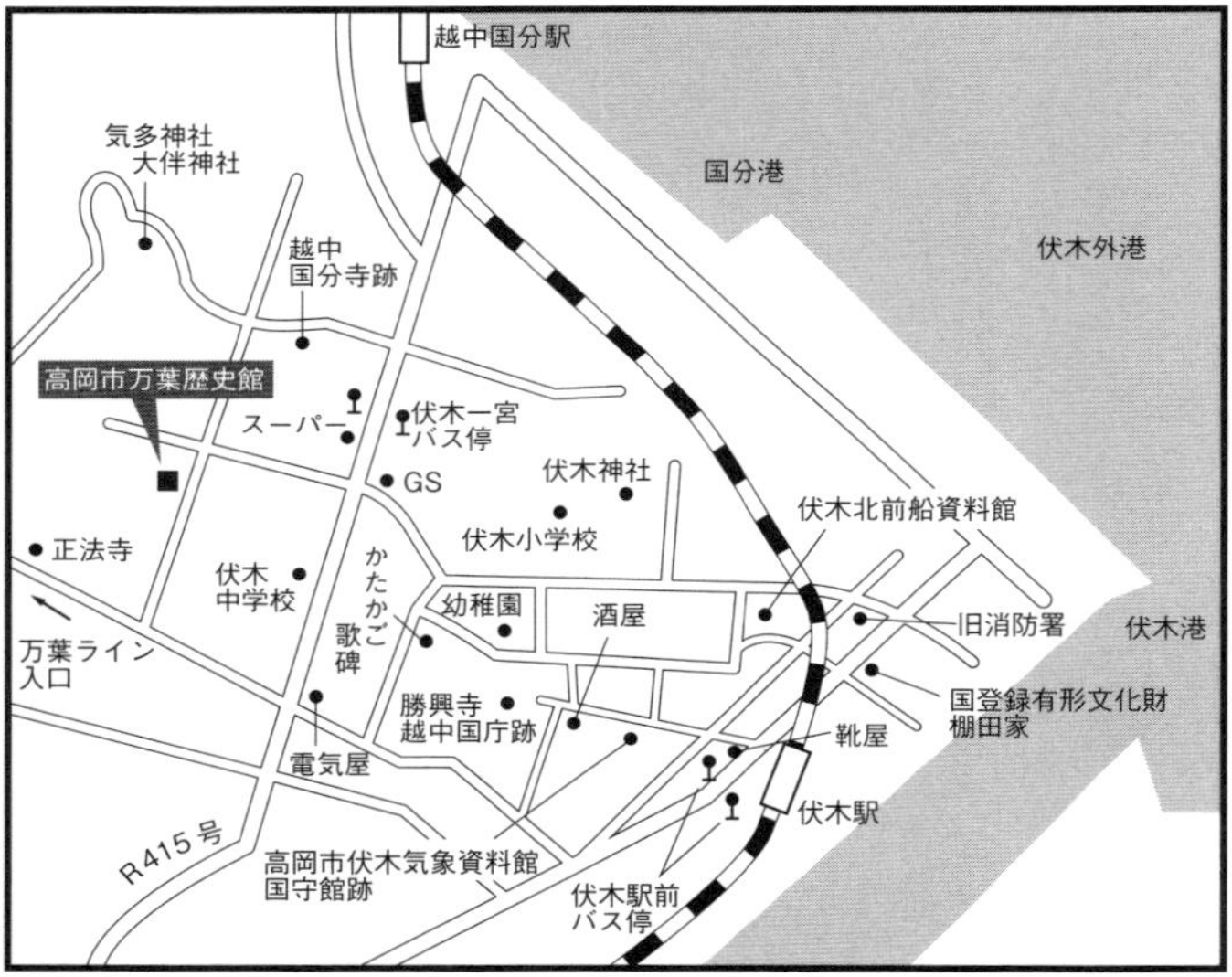

高岡市万葉歴史館

〒933−0116　富山県高岡市伏木一宮1-11-11
電話 0766-44-5511　FAX 0766-44-7335
E-mail：manreki@takaoka-bunka.com
http://www.manreki.com

交通のご案内

● JR・あいの風とやま鉄道高岡駅から

【バス】加越能バス伏木方面（西回り）・伏木方面（東回り）のいずれかに乗車（約30分）し「伏木一の宮バス停」で下車、徒歩約７分

【タクシー】約20分

※「北陸新幹線新高岡駅」と「JR・あいの風とやま鉄道高岡駅」の間は、10分間隔でバス便があります。（所要時間約10分）

◆高岡市万葉歴史館のご案内◆

高岡市万葉歴史館は、『万葉集』に関心の深い全国の方々との交流を図るための拠点施設として、1989（平成元）年の高岡市市制施行百周年を記念する事業の一環として建設され、1990（平成２）年10月に開館しました。

万葉の故地は全国の41都府県にわたっており、「万葉植物園」も全国に存在していました。しかしながら『万葉集』の内容に踏みこんだ本格的な施設は、それまでどこにもありませんでした。その大きな理由のひとつは、万葉集の「いのち」が「歌」であって「物」ではないため、施設内容の構成が、非常に困難だったからでしょう。

『万葉集』に残された「歌」を中心として、日本最初の展示を試みた「高岡市万葉歴史館」は、万葉集に関する本格的な施設として以下のような機能を持ちます。

【第１の機能●調査研究機能】『万葉集』とそれに関係をもつ分野の断簡・古写本・注釈書・単行本・雑誌・研究論文などを集めた図書室を備え、全国の『万葉集』に関心をもつ一般の人々や研究を志す人々に公開し、『万葉集』の研究における先端的研究情報センターとなっています。

【第２の機能●教育普及機能】『万葉集』に関する学習センター的性格も持っています。専門的研究を推進して学界の発展に貢献するばかりではなく、講演・学習講座・刊行物を通して、広く一般の人々の学習意欲にも十分に応えています。

【第３の機能●展示機能】 当館における研究や学習の成果を基盤とし、それらを具体化して展示し、『万葉集』を楽しく学び、知識の得られる場となる常設展示室と企画展示室を持っています。

【第４の機能●観光交流機能】 １万m^2に及ぶ敷地は、約80％が屋外施設です。古代の官衙風の外観をもたせた平屋の建物を囲む「四季の庭」は、『万葉集』ゆかりの植物を主体にし、屋上自然庭園には、家持の「立山の賦」を刻んだ大きな歌碑が建ち、その歌にうたわれた立山連峰や、家持も見た奈呉の浦（富山湾）の眺望が楽しめます。

以上４つの大きな機能を存分に生かしながら、高岡市万葉歴史館はこれからも成長し続けようと思っています。